域外天魔

黃易

經典・玄幻系列⑫

www.cosmosbooks.com.hk

書　　名　域外天魔

作　　者　黃　易

責任編輯　陳幹持

美術設計　郭志民

出　　版　天地圖書有限公司
香港皇后大道東109-115號
智群商業中心15字樓（總寫字樓）
電話：2528 3671　傳真：2865 2609
香港灣仔莊士敦道30號地庫／1樓（門市部）
電話：2865 0708　傳真：2861 1541

印　　刷　亨泰印刷有限公司
柴灣利眾街德景工業大廈10字樓
電話：2896 3687　傳真：2558 1902

發　　行　香港聯合書刊物流有限公司
香港新界大埔汀麗路36號中華商務印刷大廈3字樓
電話：2150 2100　傳真：2407 3062

出版日期　2019年6月／初版

「黃易出版社有限公司」授權出版

ISBN：978-988-8547-93-7

目錄

第一章
鉅富之女

八月十日，日本京都。

深無盡極的虛空裏，一團團刺目的亮光交替移動，像太陽般照耀着。

她在掙扎，甚麼也看不見，只有使人眼目難睜的亮光。她想叫，聲音到了喉嚨處便消失無蹤，一點也發不出來，她感不到任何痛苦，因為根本感覺不到任何東西，只像個虛無的存在。

想離開，那陽光般的光暈組成了包圍網，磁石吸鐵般令她欲去不能。

一個奇怪的意念在她心中升起。

「我成功了！」

龐大的恐懼狂湧上來，這個並不是她的意念，就像另一個人利用她的腦神經來思想。

另一個意念升起道：「抓緊她！你看到甚麼？」

「我看到了，那是一個美麗的世界，奇異的東西在流動着，充盈着生命。」

同一時間她腦海中升起一幅幅美麗的圖畫，少年時在日本北海道的豪華住所，三年前往非洲的一次旅遊，壯麗的山川，藏在記憶內的美景，斷線氣球般升離潛意識的深淵，電光石火地呈現眼前，有若給人從腦中硬生生把記憶掘出來。

接着一股充滿邪惡和貪婪的冰冷感覺，湧過她心靈的大地。

她再也忍不住，死命掙扎，不是手腳的掙扎，而是靈魂的掙扎，噩夢裏的掙扎。

「抓緊她，不要讓她走！」

「不！我還未懂她的結構！」

「呀！」聲音終於由她口中叫了出來。

她猛地從驚呼中坐起身來，劇烈地喘氣，渾身冷汗，入目的是寧靜的病房，剛才幸好只是一個可怕的夢，但卻是那樣地真實。

那種戰慄感覺仍纏繞不去，陰魂不散。

「啪！」

門打了開來。

臉孔窄長的宮澤醫生聞聲搶進來，身後跟着兩名護士，他們雪白的袍服，使她泛起安全感。

宮澤醫生撲至床邊，關切地道：「千惠子小姐不用怕！那只是一場夢。」

千惠子搖頭，眼淚奪眶而出，欲語無言下，泣不成聲。

宮澤醫生暗嘆一口氣。這是否造化弄人？千惠子可說擁有了全世界，美麗、智慧、財富，以及愛護她的人……獨欠健康。他雖是精神心理學上聞名國際的權威，對於她所患的病，仍是束手無策。

護士熟練地為千惠子作各方面的例行檢查，但宮澤知道無論在體溫、血壓任何一方面，她都不會有任何異常。

怪病來臨時，她的體溫會急劇上升至華氏一百零八度，全身沸騰顫抖冒汗，過後一切便回復正常。若一般人體溫經常升至這樣高溫，腦神經組織必然受到永久性的破壞，她卻是安然無恙，這使她與一般的精神分裂或離魂症不同，究竟是怎麼一回事？

千惠子停止了低泣，仰起俏臉，望着宮澤醫生，她悲哀的眼神，令宮澤幾乎想避開她的目光。

宮澤醫生柔聲道：「說罷！把你的心事告訴我。」

千惠子看着有若慈父的醫生，不禁想起自己父親大野隆一，大多數人都會羨慕她和希望能成為她，因為大野隆一是幾個崛起於日本跨國公司的擁有者，日本的首席富豪。

千惠子垂頭道：「有沒有一種藥，吃了會平靜地失去了所有知覺，不會做那些奇怪的夢，也不會再醒過來？」說到最後兩句時，她的語氣激動起來，再次仰起俏臉，熱淚充盈眼裏。

宮澤暗吃一驚。自六個月前，千惠子在美國哈佛大學課堂裏暈倒，送進醫院，至兩個月前她被送回日本現在這所擁有世界一流設備的療養院，她還是第一次表現出這種自殺的傾向，顯示她的精神在怪病的壓力下進一步惡化。

他表面卻裝作若無其事地道：「傻瓜！這種藥有甚麼好？你父親來電說，開完會便來探望你，趁還有些時間，讓我和你做個小小的檢查，那就像你唱首歌那麼容易。」

千惠子臉色一沉道：「那女人來不來？」

宮澤嘆了一口氣道：「你說夫人？這我便不知道了，唉！她畢竟是你的母親呀。」

千惠子冷冷道：「她不是我母親，母親早在我十二歲時死了，我親眼看見她從三樓的露台跳下去。」她的語音出奇地平靜，反而使人感到那種哀莫大於心死的悲慟。

護士將鎖着床腳滑輪的開關鬆開，把床推往門處，另一護士把門打開，讓病床往外滑去。

宮澤醫生為不用面對千惠子的問題鬆一口氣，隨床步出病房。守在病房門外的兩名大漢站了起來，他們都是大野隆一特別聘來的保鑣，負責千惠子的安全；兩人跟着病床，沿着病房外的長廊，往升降機走去。

這是日本京都市郊一所豪華療養院的二樓，通往升降機的走廊靜悄悄地，只偶然聽到病房傳出的微弱人聲。

一切似乎與平日毫無異樣。

那兩名職業保鑣也很輕鬆，這份工作比一般的工資高了三倍多，但風險卻很低，這種只有富豪才能入住的療養院，本身的保安工作已非常完善。

一行人來到升降機前。

升降機恰好升了上來，開門的指示燈閃動着。

門緩緩打了開來。

眾人愕然內望，被嚇得睜大眼睛。

四名戴着防毒面具，身穿白袍的怪人，冷然站在升降機內，當先一人手上拿着一個救火筒般的東西，其他三人提着自動武器，槍嘴對正他們。

那兩個保鑣是職業好手，首先反應，手都伸進外衣裏，把槍抽出。

「突……」火光展現。

兩個保鑣扯線公仔般在鮮血飛濺中拋跌開去，血滴濺在驚呆了的宮澤醫生和兩名護士的雪白袍服上，濺在千惠子的被服和病床上。

宮澤醫生叫道：「你……」

這句話還未完，帶頭那人手上的東西噴出一股白色的氣體，惡獸般將眾人吞噬。

宮澤醫生和兩名護士無力地往地上倒去，在暈倒前隱約感到那四人將千惠子連床推進了升降機內。

13

域外天魔

千惠子吸入濃煙後，立時進入暈眩的狀態，不過她卻沒有失去知覺，只像進入了一個噩夢裏，就像幾個月來無時不纏擾她的夢魘。

模糊間，她感到離開了身體，在一個更高的角度處，俯視着那四名惡客將躺在床上的「自己」推進升降機裏，而宮澤醫生和兩名護士則暈倒在地上，較遠處是屍橫地上的保鑣。

出奇地她並不感到恐懼。

她早習慣了這種噩夢，現實和虛幻間的分隔已徹底地崩潰，充其量只是從一個噩夢進入另一個噩夢吧。

不可能更惡劣的了。

八月十日下午，南美洲玻利維亞。

飛機從蔚藍的長空向延伸出來的跑道俯衝下去。

凌渡宇輕鬆地坐着，從機窗瞰視下面典型的南美景色，密集的雨林，交匯的河流，形成大自然的美麗圖案。

經過了數小時的飛行後，抵達玻利維亞。

機翼張了開來，滑輪在機腹雄鷹攫兔般伸出來，強烈的氣流摩擦聲代替了機器的運轉聲。

機輪觸地，飛機脈動般彈跳了兩下，開始在跑道滑行，風聲呼呼。

凌渡宇鬆開安全帶，心想終於到了，今次來是專誠要見高山鷹，和他商討未來「抗暴聯盟」的動向。

抗暴聯盟是由來自世界各地精英組成的地下組織，為使地球成為一個和平的理想國樂園而不懈奮鬥。組織最高的八位領導人均以鷹作代號，高山鷹是目前的最高決策者，而凌渡宇的代號是龍鷹。

兩個小時後，凌渡宇在抗暴聯盟的秘密總部見到了高山鷹。

驟眼看去，任誰想破腦袋也估計不到高山鷹有着這樣的身份。他年紀六十歲上下，身材不高，戴着圓圓的金絲眼鏡，金色的頭髮鬢邊呈少許花白，臉上掛着慈祥的笑容，就像位大學的老教授；只有當你細看他的眼時，才發覺那深邃無限的眼神藏着廣袤的智慧以及天生領袖那種果敢決斷。

沒有人知道他的真正國籍，據傳他體內流着德國猶太人的血統。

高山鷹在書房內接見凌渡宇。

凌渡宇瀏覽着書架上豐富的藏書，冒險家的本性使他不放過任何一個獲得別人資料的機會，藏書是最佳獲知一個人興趣的方法，最後他的目光來到放在書桌上的一系列書本。

凌渡宇笑道：「你想製造一枚核彈嗎？那或者是不錯的主意。」

高山鷹嘴角綻出一絲笑意，跟着笑容擴大，眉眼額一齊笑起來，令人更感到他慈祥和易於相處。但凌渡宇知道這只是個表面的現象，高山鷹的精明厲害是他平生僅見的，否則抗暴聯盟也不會如此發展迅速，屹立不倒。

高山鷹拿起桌上一本名為「核彈基本原理」的書，淺笑道：「很多事我也想做，我想把世上所有的書看盡；親吻所有美女；遊歷每一個地方；結交天下奇人異士；經歷所有經驗。」

淩渡宇心中一陣感觸，高山鷹絕非無的放矢的庸人，這幾句説話正代表人類對經驗的渴望，可惜人本身的局限令他不能嘗遍每一種經驗，就像一個面對千萬盤美食的人，只能揀取其中有限的幾種，尤其在現代這極度多元化和千變萬化的世界裏。

高山鷹笑起來道：「對不起！刺激起你感性的一面，來！給你看一些有趣的人。」他拿起遙控器一按，在兩人面前的兩個書架分左右橫移開去，露出牆上的熒光幕，燈光暗淡下來，對着熒幕一邊的幻燈機射出彩芒，投射在熒幕上，現出一個情景。

那地方似乎是個碼頭，聚集了很多人，一些看來是搬運工人，也有過路者和旅客。其中一組六、七人，站在畫面的正中，手上提着簡便的行李，一派預備搭船的樣子。背景是艘機動漁船，可是因偏離了鏡頭焦點，影像並不清晰。

凌渡宇皺眉道：「拍這張照片的人該被打屁股，技術這麼差勁。」

高山鷹淡淡道：「除非你到閻王那裏去，否則休想打得着他的屁股。」

凌渡宇愕然望向高山鷹。

高山鷹眼中的悲傷一閃即逝，瞬間又回復領導群雄的從容自若，道：「當他以遠距鏡拍這張照片時，正是他被人從後面冷血槍殺的時刻，幸好相機和另一副精密的無線電子儀器連在一起，能即時將相片的影像送往另一地點的接收器，否則你連這張差勁的相片也看不到。而我相信聖戰團亦不知我們以這樣的方法得到這相片。」

凌渡宇道：「被殺的是誰？」

高山鷹道：「是我們組織內代號『隱者』的追蹤偵察員，讓我來介紹一下相片中的朋友。」當他說到朋友時，牙齒咬得緊緊地，顯示了他對這些「朋友」的恨意。抗暴聯盟中每一個組員都是各有專長的人才，失去任何一個都是不可彌補的損失。

凌渡宇的目光轉回熒幕上。

圖中那些準備下船的人的影像擴大起來，雖然因微粒變粗致更為模糊不清，但卻可以清楚看到有兩女四男共六個人。

高山鷹道：「中間穿藍西裝背對着我們的男子，很可能就是綽號『納粹人』的兇人。」

凌渡宇沉吟半晌，道：「納粹人？怎麼我從未聽過？」

高山鷹道：「這世界可大約分作兩類人，一類是支持現有的秩序的，一類卻是破壞者。而破壞者中，卻沒有一個極端恐怖組織比得上『末日聖戰團』，納粹人相信是這組織最重要領導人之一。」

凌渡宇以手拍額道：「我是否已再不適合這資訊爆炸的時代，為何我從未聽過這批狂人？」

高山鷹沉聲道：「一點也不出奇，我也是直至最近發生的一件事，才從法國情報局知曉這恐怖團體的存在。」

凌渡宇哂道：「為何取個這樣不倫不類的名字。」

高山鷹嘆了一口氣道：「對付一般的恐怖極端組織；或者是無政府主義者；或為某一理想、某一宗教、政治目的而奮鬥的組織，總還有跡可尋。但這末日聖戰團卻不一樣，他們深信整個人類文明是一個錯誤，救世的唯一方法，就是將整個人類文明毀滅，再建立起另一個新的文明；就像鳳凰要經歷火的洗禮，才能獲得新生命和永生。至於新文明如何能在廢墟上再建立，就是他們守口如瓶的大秘密了。」

凌渡宇目光轉往熒幕上的畫面，細心察看每一個人，那背對鏡頭綽號納粹人的人留着金髮，肩膀特別寬闊，頸項粗壯，使人感到他是孔武有力的人。旁邊的金髮女子剛好側望着他，雖看不清楚眉眼，但輪廓娟秀，使人很難聯想到她是要毀滅世界的恐怖分子。當他的目光往右移至一名面對鏡頭粗壯的大漢時，凌渡宇虎軀一震。

高山鷹道：「你認出他是誰了？」

凌渡宇點頭道：「『瘋漢葛柏』，患有精神分裂症的僱傭兵頭子和政治刺客，是蘇聯的國安局、美國中央情報局都曾僱用過的職業殺手，近年來因幾宗血案和強姦案銷聲匿跡，想不到變成了這瘋狂組織的成員。」

高山鷹滿意地道：「你既然知道這極度危險的人的底細，自然可由此推知這集團的危險性。目前對於這集團的資料，只限於這幅相片，而納粹人這神秘人物究竟是誰，我們仍是一無所知，相片中顯示的他可能只是個偽裝，難以作準。」

凌渡宇的目光繼續在這兩女四男身上巡遊，驚人的記憶力，使他能照相般把熒幕上的影像搬進記憶細胞裏去。

高山鷹的聲音在他身邊響起道：「最近在法國一個秘密的核軍事基地，發生了一宗盜竊事件，一個工作人員和一批製造核彈的壓縮原料神秘地失蹤了，三日後那人的屍體在一貨倉內被發現，但核原料卻影蹤全無。法國情報局根據種種蛛絲馬跡，尋到聖戰團這條線上。」說到這裏，高山鷹從枱面拿起一個文件袋，遞給凌渡宇道：「所有資料均在這裏，我們組織的一名成員是法國情報局的高級人員，他將這事通知了我們，希望我們能為此盡一點力量，沒有比你更佳的人選了。」

凌渡宇接過文件袋，苦笑道：「這件事就像大海撈針，無從入手。」

高山鷹道：「要製造一枚核彈，將它發射，絕非簡單的事，所以聖戰團一定會有進一步的行動，『隱者』雖然犧牲了，但卻使我們知道瘋漢葛柏與聖戰團的成員，起碼有一定的關係。拍攝這張照片的地方是韓國，照片背景中的漁船報關的目的地是台灣，但我們卻相信它到了日本，雖然這是尚未能證實的事。還有非常重要的一點，就是法國情報局相信聖戰團已完全掌握了製造核彈的技術和設備，所差只是一些高科技的設備，只要再獲得這方面的產品，他們便可以為所欲為造成驚人的大災難。」

凌渡宇閉上眼睛，深深吸了一口氣，問道：「照片是多久前的事了？」

高山鷹道：「十天了。」

凌渡宇虎目一睜，冷冷道：「為了討償隱者的血債，為了人類的命運，無論上天下地，我也要把這批狂人挖出來。」

高山鷹嘆了一口氣道：「你要非常小心，他們都是自殺式的狂人，對他們來說死亡絕非可怕的事，而是一種解脫，可惜對別人並不是這樣。」

凌渡宇淡淡道：「甚麼人我沒有遇過？就讓我給他們來個大解脫。」他動了真怒。

高山鷹道：「很想和你痛飲達旦，可惜時間太珍貴了，我已安排了你立即往日本去。」

凌渡宇長笑道：「日本清酒，聲名最著，就讓我拿一瓶回來孝敬你。」

高山鷹笑了，但卻不能掩蓋眼中擔憂之色，末日聖戰團是各國政府恨不得食肉拆骨的危險分子集團，可是卻始終奈何不了他們。凌渡宇雖是抗暴聯盟中最傑出的人，可是他能成功嗎？尤其在目前他根本不能抽調人手去助他的情形下，龍鷹凌渡宇只能孤軍作戰。

八月十日晚，日本某地一座兩層的花園平房裏。

千惠子「醒」了過來。

這並不是一個好的字眼，可是卻再沒有另一個字可以形容她現在這狀況，因為這是超出一般人類經驗的事情。

她「看」着「自己」給那四名戴着防毒面具的大漢，從醫院推往停車場內一輛救傷車裏，保安室的四名警衛、接待處的兩位女接待員，昏倒地上。換了平日的千惠子，一定為這些兇徒的暴行憤怒莫名，可是她現在只覺渾渾茫茫，一切只像一個不真實的夢。

接着她又陷進那可怖的噩夢裏。

她感到自己以驚人的速度跨越遙闊的空間，身不由己地往虛空某一深處推移，她想抗拒，但卻不知如何抗拒。

警號大鳴的救傷車，載着自己急馳離開醫院，冷血的兇徒，給拋離在後方某一遙不可觸的角落。

絕對的孤寂。

不知多少時間後。

驀地她闖進了一團強光裏。

一個龐大的聲音在她心靈中響起道：「她回來了。」

千惠子駭然四望，那不是用眼睛去看，而是以心靈去看，就像夢中看事物。

只有令人心膽俱慄的強光，這些光並不是一片的，而是一束束一團團的爍芒，迅速互替移動，每當光束劃過她的「身體」，一股奇怪的意念和聲音便在她心靈中升起，但她卻清楚知道那不是自己的意念。

她的心靈正受到不知名的異物進侵，那是一種名副其實思想被強姦的感覺，又像在無數陌生人前赤身裸體般難受。

「追蹤她的來處！」另一個聲音響起。

「我要學習她的一切。」

深藏的記憶泉水般在心靈的大地湧出來，毫無保留地展現在這些入侵異物之前。

撕心裂肺的恐怖，使千惠子只想像風般雲散煙消，可是她的靈神卻被緊緊攫抓着，連思想要離開的權利也被剝奪了。

一幅美麗的圖像被解放出來，佔據了這夢魘的天地。

太陽迅速地從東方升起來，給蔥綠的大平原帶來光和熱，溪水在樹林裏蜿蜒奔流，草原上鹿群奔馳，千萬隻鳥兒從棲息的林木間驚起，以壯觀的隊形往遠處的湖泊飛去。一忽間太陽沉下西山，放射出萬道彩霞，月亮從另一邊升起來，散發着金黃的清光。

一個聲音響起道：「這是她的世界。」

另一個聲音道：「由現在起，它成為了我們的世界，只有我們才配擁有它。」

千惠子正要掙扎，忽地心中升起一個念頭，一個屬於自己的念頭，那念頭來自很遠很遠的地方，像在呼喚她回去，心神一陣震動下，她發覺已成功地將入侵者排斥在心靈之外。

龐大的聲音變得微不可聞道：「抓緊她！不要讓她逃去，我們還不知她來自何處，她的世界……」聲音遠去。

她的心神離開了強光，在廣袤的空間旅航。「呀！」尖叫聲中，她心神回到身體裏，「醒」了過來。

有人猛烈地搖動她的身體，叫道：「醒來！醒來！」

她睜開眼來，發出另一下尖叫。

幾個猙獰可怖的鬼臉，從高而下俯視着躺在床上的她。

「不用怕！我們是不會傷害你的。」

她定睛一看，原來這些人戴上了鮮艷的臉譜，記憶回流到她的腦海裏，想到自己成為了被擄劫的人質。

千惠子美麗的秀目駭然四望，從圍着她這五名戴着臉譜的人間的空隙望出去，這是間沒有窗戶，沒有任何裝飾的空房子，除了她躺着的床，只有四堵灰白的牆，和在天花垂下搖搖晃晃的一盞孤燈。恐懼湧上心頭，她再次尖叫起來。

其中一人以沙啞粗獷的聲音操英語道：「這小騷貨讓我來對付她。」

另一人低喝道：「不要碰她，納粹人吩咐誰也不能碰她一個指頭，你若想得到你那一份，給我乖乖的。」

沉重的喘息聲，在那沙啞聲音的人處響起，充滿狂亂的情緒，造成可怕之極的氣氛。

千惠子望向那人，只看到他是個棕紅頭髮的粗壯男子。不知為何心中竄過一股不寒而慄的感覺，就如兔兒見到餓狼，絕望悲傷湧上心頭。

無論在現實或夢裏，她都是人質。

她已無路可逃。

第二章 巧得線索

八月十一日下午，日本東京。

凌渡宇將打賞塞進侍應的手裏，侍應連忙鞠躬表示感激，直至退出房外，門關上前還再次鞠躬，令凌渡宇擔心他的前額會撞在門上。

凌渡宇來到酒店房間的中央處，盤膝坐在地毯上，在一輪慢長細的呼吸後，心神進入自在的禪定狀態，這是他休息的方法，他必須爭取一刻一秒，好找尋末日聖戰團的蹤影。

他並不是個普通的人。

只是他的身世便足以使人瞠目結舌。他母親是個美籍華人，在一次往西藏的旅行遇上年屆八十的靈達喇嘛，靈達在神廟裏和他母親合體交歡後圓寂，自此他母親留在西藏，產下了凌渡宇，他自幼便受密宗苦行瑜伽和禪定手印的鍛煉，直至十五歲才隨母親回美國接受現代的教育，成為兩個博士學位的擁有者，酷愛冒險的他，有着別人夢想不到的離奇經驗。

兩個小時後，凌渡宇睜開眼來，心靈圓淨通透。

他緩緩站起身來，來到窗前，陽光漫天下的東京樓宇林立，無有盡頭地往四面八方延伸。他寧願在非洲的黑森林狩獵一隻斑豹，也勝在這樣的超級大城市去追捕一個人。

從行李中取出高山鷹交給他的文件袋，打了一個電話，他才離開房間，到地庫的酒店水吧裏，叫了杯飲品，翻閱袋內的資料。

他看得很仔細，雖然關於末日聖戰團的資料非常少，但仍給他把握到這恐怖集團行事的風格，那就是有組織、計劃和絕對保密。

所以這集團的人數不會太多，否則便難以保密，可是為何要吸納像瘋漢葛柏這類行為乖張的好殺狂徒？而葛柏為何要參與這種自殺自毀性的團體？這其中的關鍵，可能是偵破這團體的重要因素。想到這裏，他心中已有一個大概。

既然隱者能拍攝到那張相片，那也是說要找到他們並非沒有可能的事。

一位花枝招展的艷婦搖曳生姿地來到凌渡宇枱前，向他來個九十度的鞠躬，將水吧裏十多名顧客的目光吸引到凌渡宇那處。

凌渡宇愕然抬頭，以日語道：「小姐！」

艷婦陽光般笑起來，使人想到夏天盛開的玫瑰，她伸出雪白的手，軟軟地遞給凌渡宇道：「我是昭菊，田木先生遣我來接你的。」

凌渡宇將玉手握在掌中，笑道：「我以為田木正宗派來的人一定是雄赳赳的彪形大漢，豈知竟是像你那樣嬌滴滴的美人兒。」

田木正宗是凌渡宇在「月魔事件」中結識肝膽相照的朋友（事見拙作《月魔》一書），是日本最有勢力的黑道大豪，無論黑白兩道，也是那樣吃得開。

昭菊笑得似春花枝盛綻，眼光在凌渡宇俊偉的臉上有興趣地打量着，道：「田木先生在等待着你，我從未見過他這樣動容地想見一個人。」

凌渡宇放開她的手，和她並肩走出酒店外。

一輛銀灰色的三排座平治房車駛了上來。

昭菊拉開了後座的車門，嬌聲道：「請！」

凌渡宇坐進車廂裏，身形雄壯的田木正宗坐在另一邊，像座崇山般一動不動，冷冷看着他。

凌渡宇把想伸出相握的手縮回去，門關上，車子開出。

兩人凌厲的目光在車廂內交鋒。

田木正宗沉聲道：「凌先生，今次來日本有何貴幹？」

凌渡宇淡淡道：「我並不是專誠來探訪閣下。」

田木正宗岩石似的冷硬臉孔，忽地綻出一絲笑意，就若陽光在烏雲後射出來，接着歡暢地笑起來，巨掌一下拍在凌渡宇肩膊上，道：「不要怪我，你是我最懼怕的人之一，所以只想你做我朋友，而不想你做我的敵人，你這無事不登三寶殿的人，找我絕不是敍舊那麼簡單，所以我才緊張起來。」這是田木正宗式的奉承。

凌渡宇苦笑道：「我也絕不想做你的敵人，希望現在你不是載我往屠場去。」

田木正宗收起笑容，回復冷靜和沉着，從容道：「好了，説罷！」

凌渡宇的手指用力叩在後座和前座兩排座位間的防彈玻璃上，坐在中間的昭菊和最前面的司機和另一名大漢卻完全沒有反應，證實這後座的聲音並不外傳。才道：「我想找一個人。」

田木正宗自負地道：「只要這人在日本，我便有方法找他，就算他把自己埋在地底，我也可以掘他出來。」

凌渡宇道：「真喜歡聽你這麼説，我要的是瘋漢葛柏。」

田木正宗呆了一呆，道：「這個國際級的職業殺手並不好惹，不過現在我卻要為他祈禱，因為他惹上了更不好惹的人。」

凌渡宇道：「他只是冰山的一角，不過找不到他，我便找不到那座冰山。」

田木正宗眼中閃過警惕的神色道：「看來你手上的事非常棘手。」伸手在椅背一按，一部電話現了出來，田木按了一組號碼，傳聲器立時響起一個聲音道：「老闆！找我有甚麼事。」

田木正宗道：「我要在毫不張揚下找到瘋漢葛柏，立即給我辦。」他的聲音充滿着黑道大豪的威嚴，使人甘於遵從。

那接令的人道：「老闆，是的。」

田木正宗掛斷了線，道：「來！讓我帶你參觀世界最美麗的城市。」

凌渡宇哂道：「聽說這美麗城市的經濟正在衰退中。」

車窗外車水馬龍，行人道上擠滿熙來攘往衣着入時的男女。

田木正宗聽到他語中的嘲諷，平和地道：「近年來日本的經濟的確出現了反覆，可是那並不影響日本人，國家雖然有邊界，經濟卻沒有。」

凌渡宇沉吟半晌，嘆了一口氣，這是日本人才能有豪氣說的話，武的不成來文的，美國、德國、法國這些名字只有名義上的意義，真正的權力操縱在跨國的大公司裏，而日本正積極地建立這種跨國界的經濟王國。

田木正宗也嘆了一口氣道：「只要有人，便有競爭；只要有競爭，便有成王敗寇，人類的進步因競爭而來，也因競爭而走上絕路。」

這幾句話發人深省，淩渡宇不禁想起矢志要毀滅世界的末日聖戰團，他們認為「整個人類文明是錯誤」的想法，未嘗沒有道理，問題是誰也沒有權將其他人剷除，生命是每一種生物的權利。

「嘟！」

田本正宗按動接話器，好讓淩渡宇和他一同聆聽。

剛才那把聲音以日語道：「老闆，找到了葛柏的檔案相片，發了出去，除非他一到日本便躲起來，否則這樣一個目標明顯的外國人，定會給我們找到。」

淩渡宇不禁由衷地佩服田木手下的效率，要做到這樣的效率，田木必須有一個電腦化的龐大資料庫，裏面的資訊亦須是國際級和最應時的。

田木正宗道：「將這件事列作最緊急來處理，一有消息，立即讓我知道。」

他的手下猶豫了半刻，道：「老闆，大野隆一今晚宴請沙地王子的晚宴取消了。」

田木正宗明顯地愕了一愕道：「是誰通知你？」

手下道：「是他的私人秘書。」

田木回復平常道：「好！知道了。」

通訊中斷。

田木正宗向凌渡宇微笑道：「我們的確有緣，來！今晚讓我和你洗塵，若我估計不錯，你亦應在那時得到有關葛柏的消息了。」

凌渡宇微笑答應。

田木正宗吩咐了司機，車子停止了在東京的繁忙街道繞圈子，往城東駛去，田木有點沉默，不知思考着甚麼問題。

凌渡宇何等精明，道：「大野隆一的問題還在困擾着你？」

田木正宗道：「你也知道他嗎？」

凌渡宇道：「名列世界十大富豪內的人物，他手上擁有的公司，包括了……」他忽地皺起眉頭，中斷了說話。

這次輪到田木正宗奇怪起來，問道：「這個問題只會困擾我，與你有何相干？」

凌渡宇眼中奇光閃現，正容道：「老兄，麻煩你一五一十將你心中想到有關大野隆一的事告訴我。」

田木正宗沉吟片晌，道：「要我將心裏的事告訴別人，並不是我的慣例，不過你是個例外。」

凌渡宇眼中射出感激的神色，要獲得一生在槍嘴刀尖上打滾的田木正宗的信任，便像撈起水中之月那樣渺茫困難，現在明月卻在他手中。

田木正宗道：「首先，如此倉猝地取消這樣一個重要約會，並不是事業野心極大的大野隆一會做的事；其次，以他與我的交情和對我的尊重，應是他親身致電給我，而不是通過他的秘書。所以他一定有天大的麻煩，而且是令他措手不及的突發事件。」

凌渡宇道：「怕是和我此行的目的有關。」

田木正宗道：「這話怎說。」

凌渡宇道：「大野隆一手裏有幾間高科技的大公司，能生產太空衛星通訊系統和核子設備，是嗎？」

田木正宗點頭。

凌渡宇道：「所以他可能成為一批狂人的目標，希望我的猜測不正確，告訴我，大野有甚麼親人。」

田木正宗道：「你是說擄人勒索？」

凌渡宇道：「這可能性太大了。」

田木正宗仰首深吸一口氣道：「大野最愛他的妻子和女兒，噢！你沒有見過他的妻子禾田稻香，那是我平生所見最優雅的美女，他的女兒千惠子也非常漂亮，是他前妻所生。好了，兄弟，告訴我你到日本來幹甚麼？我要所有細節，因為大野隆一不但是我生意上的拍檔，也是日本的榮譽。」

「叮！」

兩個酒杯碰在一起。

田木正宗豪邁地道：「『人生得意須盡歡，莫使金樽空對月』，這不是你們中國人的金石良言嗎？這裏雖不見明月，卻有美女相陪，亦是人生快事，這一杯就祝你馬到功成。」

凌渡宇環顧陪侍在他左右的兩名穿着和服的日本美女，他也是風流瀟灑的人，哈哈一笑，將手中清酒一飲而盡。

昭菊換上和服，和另一名美女分坐田木左右，也舉起酒杯，向凌渡宇道：「凌生，也讓我敬你一杯。」

凌渡宇見她笑靨如花，哪能拒絕？再盡一杯，到現在他還弄不清楚她和田木正宗是甚麼關係。

田木正宗並沒有一般日本人酒後的狂態。但他的確明顯地輕鬆起來，凌渡宇知道其中一個原因是這間高級的藝伎館內外，最少有十二名田木正宗的一流好手在護衛着。

凌渡宇舉酒向田木正宗道：「你是我第一位黑道朋友，也可能是唯一的一個，為你從未沾手販毒、殺害無辜乾一杯。」

田木正宗眼中射出凌厲的神色，冷森森地道：「好膽識！從沒有人這樣對我說話。但由認識你第一天開始，你便是如此不討人歡喜，也是如此地討人歡喜。」

凌渡宇道：「我深信眾生平等，沒有甚麼話我是不敢說的。」

田木正宗搖頭道：「人一生出來便不平等，賢愚富貧，你若沒有本錢，根本不能在這裏和我平起平坐，說甚麼眾生平等，哈……」仰天狂笑起來，顧盼生威。

凌渡宇道：「無論富貴貧賤，都是一種生命的經驗，誰高誰低，豈能斷言。」

昭菊眼中射出崇拜的神色，她還是第一次見到有人和田木正宗如此對話，而且這人是如此英武瀟灑。

田木正宗沉吟不語，咀嚼他話中含意。

凌渡宇微笑道：「老兄，有沒有子女？」

田木正宗臉無表情地答道：「沒有！不要以為我不能人道，你可以問她。」說到最後那句，他再次露出平和的微笑，望向右手的女子。和凌渡宇的對答令他感到新鮮刺激。

那女子露出嬌羞的神情，那是回答田木正宗最好的答案。昭菊等都臉紅紅地低首竊笑，從這舉止，凌渡宇看出昭菊和田木並沒有情婦的關係。

田木正宗續道：「也不要以為我怕仇家拿我的子女來報復，我不要子女的原因，是我認為這世界並不是個好地方。以我為例，目下雖是名成利就，但我快樂的時間卻很少，甚至不知甚麼才是快樂，物質已不能帶來任何的刺激，我只是一副解決難題和無休止地工作的機器，停下來的日子，就是我垮下來的日子。」

凌渡宇默然無語，田木正宗自有其浪漫純真的一面，否則也不會助紅狐從埃及偷竊幻石，險些闖下彌天大禍（事見拙作《月魔》一書）。物質文明愈進步，知道的真相愈多，精神便愈空虛。傻瓜遠比智者幸福快樂。

「嘟！」

電話響起。

昭菊拿起電話，連應幾聲「是」後，向田木正宗道：「荒島先生要向你親自報告。」

田木正宗道：「讓他進來。」

荒島的模樣一點也不似黑道人物，反像縱情酒色的花花公子，但凌渡宇卻從他精明的眼神裏看出他是個人物。

荒島坐在門旁，和他們保持一段明顯的距離。

田木正宗道：「女人們暫避一會。」

那三名女子順從地離開，只剩下昭菊。荒島道：「老闆，兩件事均有點眉目了。」

田木正宗鼻孔唔的一聲，不置可否。凌渡宇認出荒島是今午車內和田木正宗通話的人，這荒島應是他的得力屬下。

荒島道：「一星期前，瘋漢葛柏在東京從一個軍火走私商以巨資買了一批軍火，這是他的購物清單。」將一沓文件遞給田木。

田木正宗做了個手勢，文件來到了凌渡宇手上，凌渡宇迅速翻閱，以他的冷靜也不禁吃了一驚。清單包括了十挺自動武器，足夠的彈藥，兩台肩托式火箭炮發射器，這將使末日聖戰團變成可怕的武裝力量。

荒島續道：「據葛柏對那軍火商說，這批武器將轉往泰緬間的金三角地帶，保證不會在日本使用，葛柏在國際間的聲譽一直非常良好，那軍火商沒有不相信他的理由。」

凌渡宇心中一動，這或者是末日聖戰團需要葛柏的原因，因為沒有現成的渠道，要偷運軍火入日本比登天還難，但只要葛柏出面，仍然可以得到需要的東西。

田木正宗顯然也有同樣想法，怒道：「這混蛋，居然敢到日本來撒野。」

荒島道：「葛柏最後一次被發現是在橫濱附近一個小鎮的超級市場裏，那是五天前的事了，他和另一白種女人，據説還相當風騷冶艷，購買了大批糧食和日用品，足夠十多人數月之用，最令當地店員印象深刻的，是葛柏不斷試圖親近那女子，而女子卻顯得對葛柏相當厭惡。於是我們徹查當地的旅館、旅行社、飛機場，但都找不到絲毫痕跡，目前葛柏就像空氣般消失了。」

凌渡宇心想這才是正理，否則末日聖戰團的人早成了獄中的囚犯，他們保密的方法應自有一套。

田木正宗道：「大野隆一方面又如何？」

荒島道：「肯定發生了事，我曾聯絡警局裏的線人，特別偵察科的人和大野隆一夫婦於昨天傍晚時分飛往京都去，地點列入機密，連我們的線人也不知道。但我們從另一方面追查下，發現大野的千金千惠子小姐入住了京都一所昂貴的療養院，而療養院昨日的確發生了一些不尋常的事，有人受了傷，不過並沒有揭出來，新聞界還未知道。」

田木正宗和凌渡宇交換了一個眼色。

田木正宗沉吟一會，向荒島道：「由現在開始，停止一切搜索葛柏或調查大野的行動，這事至此為止，除非我有新的指令。」

荒島和昭菊齊感愕然，田木正宗這樣一百八十度轉軚，教人百思不得其解，只有凌渡宇若無其事，就像這是最應該做的事。

田木正宗望向淩渡宇道：「你還有甚麼問題？」

淩渡宇知道這是自己最後的問話機會，望向荒島緩緩道：「大野的千金入住那所療養院，應是極端保密的事，是怎樣查到的？」田木正宗眼中露出讚賞的神色，這句話問正節骨眼上，任何綁架行動，最重要是掌握被綁者的行蹤，荒島從甚麼地方得到這絕密消息？也可能是綁匪得到消息的同一來源。

荒島道：「那也是來自警局的線人，特別偵緝科裏設有一個保安小組，專責政要和顯貴的安全，所以千惠子小姐的行蹤他們瞭如指掌。」

淩渡宇皺起眉頭，顯然在大傷腦筋。

田木正宗點頭道：「你可以出去了。」

荒島躬着腰退出房外，好像田木正宗是神而不是人。

田木正宗望向淩渡宇道：「你知否我為何要絕對地完全退出這件事？」

凌渡宇笑道：「當然知道，大野若要你幫忙，自然會找你，但若你插手此事，一個不好觸怒綁匪，將千惠子撕票，大野不和你拼命才怪。」

田木正宗大笑起來，狀極暢快，道：「和你交友真是痛快。」

凌渡宇感激地道：「不過你亦幫了我很大的忙。由大海撈針變成小池撈針。」

昭菊聞言忍不住噗嗤一聲笑了出來，嬌笑道：「凌先生的比喻真怪。」

田木正宗神情一怔道：「不過你要小心特別偵緝科的主管橫山正也，這年青人極不好惹，他曾是大野夫人禾田稻香的同學，不少人栽在他手裏，我對他沒有甚麼好感。」

凌渡宇暗嘆一口氣，他不但要應付末日聖戰團的人，可能還要應付日本警方，想想已教人頭痛。

沒有別的選擇了，他站起身來道：「我也要走了，時間愈來愈急迫。」

聖戰團隨時可取得能完成發射核彈的設備，這世界目下正瀕臨在萬劫不復的邊緣，沒有人知道這批狂人想幹甚麼，從他們高度效率和組織化的行動，已可推知他們不是在鬧着玩。

田木正宗站了起來，用力擁抱了凌渡宇一下。

昭菊低頭道：「凌先生，讓我送你出去。」

凌渡宇灑灑一笑，推門往外走去，昭菊趕了上來，將一團東西塞進他手裏。

凌渡宇輕輕握拳，原來是個紙團。

昭菊紅着臉輕聲道：「我的電話，車子在門外等你。」一陣香風轉身走了。

凌渡宇苦笑搖頭，他哪還有時間享受溫柔。

崎嶇的前路正等待着他。

不過總比連路也摸不着邊兒好。

第三章

舊愛新愁

八月十二日晨。

「啪！」

門被推開。

千惠子警覺地望向門的方向，門雖打開了，一時間卻沒有人進來。

她在驚疑之際，一個人閃了進來，順手關上了門，倚在門上盯着她；但見這人喉嚨突了起來，「咕嘟」一聲吞了一啖口水。

正是上次被警告不准碰她的棕紅髮粗壯男子，面上仍戴着鮮艷的臉譜，露出的眼睛貪婪地上下打量她。

千惠子畏縮地移往床側靠壁的一面，直到背脊碰上冰冷無情的牆壁，才蜷曲起來，顫聲道：「你想幹甚麼？」

那人以英語道：「我不知你說甚麼？但那並不重要，你是處女嗎？我從未嘗過像你那麼高貴的女人，小騷貨！不用裝了。」

千惠子聽着他粗濁的呼吸，野獸般的狂亂目光，精神到了崩潰的邊緣，忍不住尖叫起來。

那人一步一步迫前，獰笑道：「叫吧！這處有最好的隔音設備，沒有人會聽得到的，他們都出去了，現在只有你和我。」

千惠子呻吟一聲，避過他伸過來摸臉的巨靈之掌，從床尾跳了下去，搶往門去。

那粗漢一閃身，將她摟個正着，齒唇和着熱呼呼的口氣，往她嬌嫩的臉蛋湊上去。鮮艷的臉譜後的大口倍增恐怖。

千惠子熱淚盈眶，想推開他緊迫的身體，卻像蜻蜓撼石柱，紋風不動，悲憤的巨浪掀起，狠狠地低頭在他肩頭重重咬下去。

粗漢痛得吼叫起來，用力一揮，千惠子斷線風箏般拋了開去，撞在牆上，跟着貼牆坐下，側倒一旁，暈了過去。

千惠子的精神卻沒有失去知覺，她忽地失去了重量，往上升起，來到了房間的頂部，往下望去。

「見」到自己倒在牆邊，那粗漢嘿嘿冷笑，一步步往自己的身體走去。

千惠子有一種解脫的感覺，粗漢看不到她，她也看不見自己，此時這清醒的她只是一股無影無形的能量體，就像隱身人，可是隱身人也有身體的感覺，她卻沒有。無論如何，粗漢只能得到自己的軀殼，而自己的精神卻不用和「她」一起受苦。

「砰！」

門被撞了開來。

「葛柏，你幹甚麼？」

一男一女撞了進來。

他們沒有戴臉譜，看來都是歐洲人，男的高瘦斯文，女的還相當艷麗，怎樣看也不像窮兇極惡的綁匪。

葛柏脫下臉譜，露出一張陰沉但強橫的面相，他的鼻樑彎而準頭大，眼神兇厲，顯在極度憤怒裏，冷冷道：「我進來看看她，豈知她想逃走……」

千惠子沒有興趣聽他說下去，心念一動間，靈體穿過了壁頂，升到了天空，外面陽光漫天，世界是如此地美好。這是前所未有的經驗，她曾從報章雜誌看到對這類「脫體經驗」的介紹，想不到自己無端端擁有了。自得怪病以來，還是首次覺得生命有點意義。可是那噩夢般的重壓，仍存在於腦海內某一深處，鬼魂般纏繞着她，使她不能真的感到欣慰。

縱目四顧，心中啊一聲叫起來，正對着她被囚的兩層白色平房是一座宏偉的神道教廟宇，重簷飛閣。爸爸大野隆一曾帶她來過這地方，她還記得從廟內買的一個紙風車，現在還掛在睡房裏。

她知道這是甚麼地方了。

當這念頭還未掠過時，忽地心中一寒，天外的遠方湧起一股召喚她的力量。

她芳心大亂，就像每一次噩夢出現前的剎那，總有磁鐵似的吸力，將她的靈體吸往虛空中某一遙遠的處所。

千惠子心叫道：「天！求求你，我不要去。」噩夢一次比一次可怕，終有一次她會成為夢魔的俘虜。

她的靈體開始向上升去，原本陽光漫天的地上美景，變成漆黑的虛空，她以驚人的速度在虛廣空間移動，噩夢的地方愈來愈近。

就在此時，另一股相反的力量卻扯着她往回走，千惠子忍不住驚叫起來，叫聲從喉嚨衝出，她猛地坐起身來，靈體已回歸房間床上的身體裏。

那個女子戴回臉譜，用手拍打她的臉蛋，鬆了一口氣道：「噢！你醒來了。」跟着語氣轉為冰冷道：「背轉身！你的後腦受了傷。」

千惠子的心神卻被另一種戰慄的情緒佔據了。

她再也不要睡覺。

否則她將落進那些邪惡的不知名生物手裏，她寧願讓那粗漢葛柏佔據她的身體，也不願被那些兇物佔據她的靈魂。

八月十二日正午，東京市郊。

在望遠鏡下，半山一座比附近已屬極度豪華的住宅最少大上三倍的超級住宅，在日照下閃閃生輝；從這個角度只能通過華宅前修剪得美輪美奐的花草及參天樹木，隱約看到建築物的一鱗半爪，但已使人感到宅主必然是個極懂享受的人。

日本的園林分「淨土」和「禪宗」兩大流派，前者極盡華美以求燦爛，後者求平淡自然中見精緻。這華宅採用淨土式的佈置，更顯富麗堂皇，凌渡宇甚至看到一道以大小不同石卵砌出來的假流水，在宅前盤繞而過。

凌渡宇的心神集中在華宅的大鐵門，他等待着大野隆一的出現。

大野隆一的住所目下應在最嚴密的警方監視下，所以他不得不小心從事，由今天六時來到這能遠眺大野府第的另一個山頭的公園裏，不知不覺苦候了四個小時。

他是個有精神修養的人，就算守上三日三夜也不會覺得沉悶。

鐵門往兩旁退開去，一輛雪白的法拉利跑車箭也似衝出來，彎往下山的私家路，切進公路去。

凌渡宇急忙再拿起望遠鏡，恰好捕捉到駕車的是位女子。

禾田稻香？

大野隆一的第二任妻子。

凌渡宇心念電轉，終於下了個決定。待了一會，發現沒有跟蹤她的車輛，才騎上他的鈴木電單車，拉下頭盔的擋風罩，風馳電掣追蹤而去。

不到半小時，白色法拉利駛進了東京市中心西武百貨公司的停車場，禾田稻香由停車場的入口，步進百貨公司內。

凌渡宇泊好電單車，急步跟入，禾田稻香不可能在千惠子被綁票的當兒，還有心情購物，所以其中必有玄虛。

想到這裏，他加快了腳步。

禾田稻香在他前面走着，穿過了服裝部，踏上通往二樓的電梯，儘管在行動匆促中，她的舉止動作仍是毫無瑕疵地優美，淡黃色的兩截西裝裙，更顯得她修長的身形雅致動人，尤其使人印象深刻是她柯德莉夏萍式線條流暢的長頸，加上她把長髮高束腦後，既高貴又成熟大方。

凌渡宇很想看看她的正臉或側臉，從日本名人錄裏，他得知她出身雖非大富之家，卻是書香之後，祖父和父母都是學術界的成名人物，她本身則是著名芭蕾舞蹈家和小提琴手，當然，只是她身為大野隆一夫人的身份，已使她成婦女界的明星，而她卻比任何明星更有風采，難怪以田木正宗對女人的見多識廣，也為她的丰神迷醉。

但她現在要到哪裏去？

凌渡宇除下頭盔，在電梯抵達二樓前，趕上了禾田稻香。一出電梯，他越過了她，筆直往玩具部走去，他強忍着回頭望她的欲望，因為他已將一粒微型竊聽器，成功地黏貼在她手袋上。只要他再發出一個訊號，這竊聽器便會自動掉在地上，使對方難以事後覺察。

禾田稻香渾然不覺，朝淩渡宇相反的方向走去，從二樓另一道門，步上通往另一座大廈的天橋。

十五分鐘後，她戴起了闊邊的太陽眼鏡，走進了一所幽靜餐廳的一角，一名三十來歲，一面精明的男子站起身在歡迎她。

淩渡宇不敢走進餐廳內，詐作在附近的店舖東看西看，精神卻集中在耳內的收聽器上，旁人還以為他為購何物猶豫不決。

禾田稻香的聲音透過接收器在耳內響起道：「橫山先生！你究竟在弄甚麼鬼？」

她的聲音柔媚中帶着剛健，非常悅耳，但淩渡宇卻幾乎跳了起來，橫山？不就是橫山正也，特別偵緝科的主管，日本黑社會人人驚懼的辣手煞星？

這時他才明白為何禾田稻香能避過警方的跟蹤，因為橫山正也可以輕易下達這樣的命令。

橫山正也低沉渾厚的聲音道：「稻香，我不是橫山先生，是正也，又或是橫山正也，一個真正愛你的人。」

禾田稻香平靜地道：「三年前我已成了大野夫人……」

橫山正也笑起來，但笑聲中卻充滿苦澀的味道，因心中的憤慨，所以聲浪提高不少，不似先前強把聲音壓低，凌渡宇的耳膜也頗受了點罪。

禾田稻香責怪地道：「橫山先生……」

橫山正也道：「他愛你嗎？他愛的可能是死去的妻子、女兒、他的事業，但卻不是你，起碼不是真正的你。他愛的只是你美麗的形象，你的舞蹈家、小提琴家的形象，愛你充滿書卷氣的出身，那使他的形象也大幅改善，但卻不是真正的你，你和他是完全兩類人，否則他也不會在世界每一個城市都有情婦。」他回復了自制，聲浪降低，但說得又急促又快，顯然這些話藏在心裏已久，目下如洪水般爆發出來。

禾田稻香出奇地平靜道：「他一直很尊重我。」

橫山正也冷笑道：「尊重？是的，他在日本從來沒有情婦，也不搞三搞四，如果你說這是尊重，便是尊重吧。」

禾田稻香一陣沉默。

在隔鄰竊聽的凌渡宇心中嘆了一口氣，禾田稻香顯然知道橫山正也所言屬實，她在婚前當是橫山的女友，只不知兩人為何分手。

「先生！」

凌渡宇嚇了一跳，因為聲音來自耳裏收音器之外，他回身一看，映入眼簾是位穿着售貨員裝束的年青女郎，模樣不算美，典型的身矮腳短日本女性，但一對大眼發着亮光，閃動着對有身高六呎運動家身形、眉目俊朗的凌渡宇深感興趣的神采。

「有甚麼我可以幫你忙，你手上拿着的唱片保證悅耳，我也買了一隻回家。」

凌渡宇這才察覺自己手上拿着隻唱片，連忙道：「對不起，我還要想想。」不理對方的失望，又走往另一唱片架前。

剛好耳中的橫山正也道：「稻香！抛開一切，和我離開東京，我們不是曾經有段快樂的日子嗎？為了你，我可以放棄一切，包括我計劃了多年的理想。」

禾田稻香冷冷道：「放開你的手，橫山先生，你今次約我來是說要談千惠子的事，若再在這些沒有結果的無謂事兜圈子，我要告辭了。」

凌渡宇心想這才是正題，恰好眼角見到那對自己大感興趣的熱情日女似乎又有迫來之勢，暗想此地不宜久留，忙往店外走去。

耳中接聽器的橫山正也道：「你為何要關心千惠子，她從不把你當作母親……」

禾田稻香失去了沉着，怒道：「那是我的事，我的問題，你沒有權說，沒有權理，七年前我已向你說清楚，我們一刀兩斷，各不相干。」

橫山正也道：「我始終不明白為何好好的卻突然要和我分手，與你一起那兩年是我一生人最快樂的時光。忽然間你不告而別到了歐洲去……」

衣服摩擦的聲音。

橫山道：「稻香，坐下來。」

禾田稻香回復平靜的語氣道：「對不起！我要走了。」

橫山正也道：「讓我再說幾句。」

禾田稻香並沒有坐下，冷冷道：「你是否想和我說千惠子的事。」

橫山正也沉默了一會，再出聲時已回復了冷靜自制，道：「不！那是騙你的，大野夫人，我不提千惠子，你怎肯來見我。」

這時淩渡宇剛步至餐廳外，一聽這個答案，知道禾田稻香定會拂袖而去，自己自然不宜和她碰頭，連忙往餐廳旁另一店舖閃進去，避她一避。

恰好這時接收器傳來無線電話的嗚聲，他連忙集中精神竊聽，連店內幾位女售貨員的目光一齊放在他這闖入者的身上也置之不理。

橫山正也道：「甚麼？知道了，我會找到他……」

「先生！給女朋友選購東西嗎？她是甚麼尺碼？」女售貨員的聲音打斷了他的竊聽。

他愕然望去，先是三位女售貨員亮閃閃充滿驚異的眼光，跟着是她們身後和四周圍陳列得琳瑯滿目的胸圍、內衣、內褲、絲襪等純女性貨品。

若要揀人生最尷尬的時刻，「這剎那」一定當選，凌渡宇說聲「對不起」，狼狽地退出門外。眼角黑影一閃，避之已來不及，一陣香風捲來，高佻優雅的女體撞入懷裏。

兩人駭然分開，四目交投。

竟是禾田稻香。

他終於看到她的俏臉，卻是在這樣的環境裏。

這是一副充盈着文化氣質的清麗臉孔，就像朵只可遠觀超然於世俗污染傲然獨立的蓮花，輪廓山川起伏，鍾天地靈秀之氣。

溫文淡定的她顯然為撞入別人懷裏而慌忙失措，但當她看到淩渡宇時，秀長的鳳目亮了一亮，瞬即垂下通紅的粉臉，微一點頭道：「對不起！」繞過發呆的淩渡宇，往來路走去。

另一壯漢從餐廳奔出來，精厲的眼神打量了淩渡宇一眼，再轉到禾田稻香的背影上，追了上去。

淩渡宇苦笑起來，陰差陽錯下，和兩人都照上了臉，真不知是福是禍，不過目下腦袋已裝不下其他東西，只有禾田稻香不食人間煙火的俏臉，和縱體入懷那種溫馨的感覺。

在射燈下千惠子的臉孔蒼白得不見一點血色，現實和虛幻雙管齊下的折磨，正在消耗着她青春的生命。

「將報紙拿高一點，讓你爸爸看到日期。」拿着錄影機的女人吩咐道。她戴着臉譜鬼物似的假臉孔，湊在鏡頭孔向她看視，使人感到彆扭非常。

千惠子無奈地將報紙舉高一點，她麻木得不能思想。

站在一旁的另一男子命令道：「説幾句話，好讓你爸爸知道我們還未割掉你的舌頭。」

千惠子心中一動，記起了脱體時曾看過他的面。

「快説！」

千惠子心中卜卜亂跳起來，閃過一個大膽的念頭，搜索着應説的話。她抬起頭來，勇敢地道：「爸，我很好！記得給我打理風車對着的那洋娃娃，她很淒涼。」

男子笑起來道：「看！只有所謂鉅富人家才能培育出這類白癡女孩。」

千惠子垂下頭，以免對方看出她的神情，她已成功地將一條極重要的信息送了出去，只希望大野隆一能破譯她的説話。

那對男女完成任務，取出錄影帶，從二樓囚禁千惠子的房間，往樓下走去。樓下客廳裏三男一女圍坐在一張長枱前，瘋漢葛柏站在大門旁，接過那男子遞來的錄影帶，往門外走去。

坐在枱前的另一名男子喝道：「送交錄影帶後，立即回來。」

葛柏神色出奇地敬畏，道：「當然！還有幾天我便可收到我那一份，幾天也忍不了嗎？」走出門外，不一會聽到汽車發動和遠去的聲音。

那令葛柏敬畏的男子肩膀寬大，頸項特別粗壯，假若凌渡宇和高山鷹在此，一定會認得他是末日聖戰團的重要人物納粹人。

他年紀在三十五至四十間，典型的德國人，臉骨強橫，眼睛特別細小，是城府深沉而又冷酷的一類人；放在枱上的手；指節粗壯，使人感到能輕易捏碎別人的喉骨。

納粹人使人想到惡名昭彰的德國希特拉手下忠心的納粹黨徒。

早先那對男女除下臉譜，坐在枱旁的空位上，望向納粹人，唯他馬首是瞻。

原本圍坐枱旁的三男一女，除納粹人和另一人外，其餘一男一女均是日本人，非常年青，像大學剛畢業的男女，但眼神卻藏着莫名憤怒，使人感到他們心中充斥着對世界和社會的不滿。

另外五十來歲的男子是個美國人，戴着金絲眼鏡，道貌岸然，只像個非常有學養的大學教授，他向納粹人道：「葛柏會否出亂子？我發覺很難信任他。」

拍千惠子錄像帶的金髮女子點頭道：「我同意費清博士的看法，今早葛柏的確是想侵犯大野千惠子。」

納粹人冷笑道：「艾莎你要記着，葛柏是我們的工具，用完了便可以棄掉，這樣的瘋子，只配與其他猶太人、黑人、低等黃種人一齊給送進地獄去；美麗的地球，將屬於我們，只屬於我們。」

那年青的日本男子道：「錄影帶只要不從奈良寄出便可以，為何要葛柏帶往東京交給『天皇』，而且我不明白為何要葛柏去？」

納粹人哈哈一笑，充滿了對自己的自信，道：「仁川你還是剛加入了我們，不明白我的手法，但這已是我們第十二單綁票任務，以前每一宗都為我們帶來龐大的收益，使我們的夢想能逐步實現。」

他的目光環視眾人一遍，見到每人聽到『夢想』兩個字時，眼中都爆閃着狂熱和渴望的神色，臉上露出一個滿意的笑容，續道：「迫使大野屈服於我們的要求，是一場心理戰。我們要使他對日本警方完全失去信心，而『天皇』可以輕易地安排錄影帶在警方嚴密監視下突然出現在他身旁，顯示我們的神通廣大，對大野造成心理壓力。」

艾莎道：「可是為何要葛柏去？」

納粹人陰森地笑道：「葛柏的利用價值已完畢，我已通知了『天皇』，以後你們也用不着忍受他愚蠢的行為了。」

眾人恍然。

納粹人的眼光望往牆角的一座電視機，畫面赫然是千惠子坐在床上的情景，她的一舉一動都受到閉路電視的監視。

納粹人道：「我來了足有四個小時，加上昨晚的十多小時，她仍未肯睡覺，這是否相當奇怪？或者我應和她談一談。」

第四章 天皇逞兇

凌渡宇回到酒店的餐廳裏吃午餐，叫了個雜菜沙律，津津有味地吃着，儘管在如此惡劣的環境裏，如此難以入手的情形下，他仍保持着輕鬆清明的心神。

他想了很多問題，最好的方式，當然是取得日本警方的合作，但聽完橫山正也和禾田稻香的一段對話後，他直覺地不信任橫山正也這個人，而且橫山正也是掌握了大野千惠子行蹤的人，本身便有嫌疑。

禾田稻香卻真是個動人和有氣質的淑女，若有機會倒要看看她的表演，無論是芭蕾舞又或小提琴演奏。

其次是取得大野隆一的信任，只恨田木正宗不想介入這件事裏，否則這未必是不可能的事，若沒有更好的方法，惟有偷進大野府第，直接和大野隆一接觸，不過那是最危險的做法。

想到這裏，心中一動，隱隱感到禾田稻香可能是與大野溝通的橋樑。

末日聖戰團行事的周詳和縝密，使他很難相信目的只是為了毀滅文明，然後等待神話式的再生，其中可能包含了更大的陰謀，只不過資料有限，難以估測。

「鈴鈴！」

侍應拿着叫人聽電話的牌，走過枱前，凌渡宇慣性地一望，跳了起來道：「是我！」

牌上赫然是英文寫的凌渡宇三個字。

在侍應的指示下，他在電話間拿起了電話，道：「喂，是誰？」

「凌先生，是我，昭菊。」

凌渡宇暗嘆一聲，正在搜索枯腸構思着拒絕而又不令對方難受的詞藻。

「我找到了瘋漢葛柏的下落，他正在銀泉小井道的小井酒吧內喝酒，你快點去，不要說是我告訴你的。」

凌渡宇幾乎跳了起來，問明地點，旋風般騎電單車趕去。來到酒吧門外，葛柏大模大樣地走出來，一點也想不到煞星已來了。

凌渡宇並不停車，駛過了葛柏，轉過街角才停下來。

葛柏這時越過了馬路，路上行人頗多，他沿着路急步東行，似乎趕往某一目的地。凌渡宇計算着附近街道的形勢，要跟蹤像葛柏這麼有江湖經驗的人並不容易，不過卻難不倒他，最好的東西當然是追蹤竊聽器。

他步履輕鬆地迎着葛柏走過去，在兩人擦身而過時，那粒比尾指頭還小的追蹤竊聽器，已黏貼在葛柏的西裝外衣衣腳處，他的手法敏捷靈快，儘管身旁的行人也看不見他的動作，還以為他的手移動的幅度因身體轉動而大了點點。

凌渡宇直至轉入了另一個路口，才回身追去。

半個小時後，葛柏進入了東京城北的郵政大廈裏，凌渡宇暗叫不好，郵局裏的郵箱是黑社會慣常利用來交換物件的地方，只要將東西放進某一指定郵箱裏，然後讓別人來取，乾淨利落，容易避人耳目。

果然不一刻，裝在耳裏的收聽器傳來鎖匙開郵箱的聲音，跟着是硬物觸碰到郵箱底，門再關上。

凌渡宇心念電轉，這個追蹤和竊聽的兩用儀器，有效範圍只有半哩，假若他現在不拿下葛柏，給他坐上了汽車，要追蹤他便很困難了，而且藏參的地點極可能是在東京之外，那時一個不好便會給他逃脫。

他下了一個決定，急步走上通往郵政大廈的石階。

「葛柏！」一個微弱的聲音在耳內的接聽器響起，顯示有人在遠處呼喚葛柏，聲音有點耳熟。

凌渡宇愕然止步，這是怎麼一回事。

葛柏驚愕道：「『天皇』！是你。」跟着是兩個人的腳步聲。

凌渡宇一咬牙，走進大廈裏。

郵政大堂聚了上百人，非常擠迫熱鬧，大堂左方的一角是一排排的信箱，卻沒有葛柏的蹤影。

接收器傳來「篤」的一聲，跟着是重物墮地的聲音。

凌渡宇心神一震，知道是裝上了滅音器手槍發射的聲音，一看手上的追蹤儀，不顧別人駭然的目光，往左方衝去，轉入一角，赫然是男洗手間的入口，門前冷清清的，一個人也沒有，凌渡宇吸一口氣，一腳踢開洗手間的門，衝進裏面。

葛柏伏身洗手間的地面，後腦有個明顯的槍洞，鮮血狂湧出來，地上一攤血紅。

凌渡宇正要將他翻過來，開門的聲音從後傳來，同一時間他聽到扳掣的聲音，身經百戰的他不用思想也知是怎麼一回事，那是殺葛柏的兇手去而復返。

一般人的反應一定向前撲避，但那將處於完全的被動和難以應付接着而來的襲擊，凌渡宇一向的行事正是出人意表，險中求勝，他膝蓋一弓一彈，整個人向後仰躍，凌空一個倒翻，雙腳向偷襲者頭臉踢去。

「篤！篤！篤！」

兇手三槍射空。

那人身手也極了得，立時退出門外，一手將門掩上。

「砰！」

凌渡宇雙腳正中門上，門立時反彈向外，他不敢托大，閃往門旁，三顆子彈呼嘯而過。

門外腳步聲遠去。

凌渡宇撲往門外，兇手蹤影全無，他雖然看不到兇手的臉，但已聽過他的聲音，知道他是誰。

八月十三日晨，東京。

禾田稻香和大野隆一並排步下正門的石階，司機早將大房車泊在石階盡處，打開了門，恭迎他的來臨。

大野隆一今年四十七，國字口面，精神奕奕，兩眼閃閃有神，他的鼻特別豐隆有勢，嘴邊稜角分明，顧盼間自具超級大企業家的威嚴和風範。五呎七吋高的身材，比禾田稻香矮上半吋許，但保養得非常好，沒有一般男人中年發福的洩氣相。

禾田稻香陪着他走，心神卻恍如到了另一不同的空間。

大野隆一神情有點憔悴，柔聲道：「不用擔心，事情一定會解決的，橫山正也是個很有辦法的人。」

禾田稻香秀眉鎖得更緊，眼裏的憂色像濃霧般結聚，想說話，終於直至房車開走，也沒有說出來。

禾田稻香轉身往回走，驀有所覺，回首一望，大野隆一的房車竟倒退駛回來。

禾田稻香呆望下，大野隆一一把推開車門，鐵青着臉走出來，手上拿着一包東西，筆直步上石階，進入屋內。

她緊隨他進入書房，大野一言不發，撕開公文袋，取出一盒錄影帶。

大野隆一寒聲道：「你看，警察全是飯桶，綁匪將一盒這麼大的東西放在我車裏他們還懵然不知。」

禾田稻香心細如髮，問道：「四郎取車時看不到嗎？」四郎是大野的司機兼保鑣。

大野隆一沉聲道：「這盒東西是放在車內我踏腳的地毯裏，四郎打掃時看不見是情有可原的。」

禾田稻香一陣心寒，綁匪在綁架時已用了不必要的暴力，冷血地殺死了兩個保鑣，原本只用迷魂的氣體已經夠。他們這樣做，正是展現不畏殺人的決心。現在用這樣難度更高的方法，直接把錄影帶不經他人交到大野手上，其神通廣大處，使人泛起難以抗爭的感覺。

大野隆一將錄影帶放進機內，靠牆的廣角電視熒幕立時閃起亮光，一兩下跳動後，臉色慘白的大野千惠子垂着頭，手上拿着報紙，出現熒幕的中心處。

禾田稻香忍不住心中的辛酸，嗚咽一聲，哭了起來。

千惠子驀地抬起頭，血紅疲倦的秀目，望着鏡頭，以極不相稱地楚楚可憐模樣的堅定語調道：「爸！我很好！記得給我打理風車對着的那洋娃娃，她很淒涼。」

禾田稻香心中悲慼更甚，千惠子只叫爸爸，卻沒有叫她，與大野結婚直到這刻，千惠子從不肯施捨一聲「媽媽」給她。

大野隆一關掉錄影機，背轉了身。

禾田稻香向他望去。

大野隆一道：「這孩子，我從不知她喜歡玩洋娃娃，直到她十六歲時，在她抗議下，我才不叫她洋娃娃的乳名。」語調蒼涼，充滿了一個事業重於一切的男人對女兒的抱歉和疚憾。

大野隆一轉過頭來，臉上淚痕滿佈，道：「這盒錄影帶的事不要告訴任何人，包括警方在內，放心吧！千惠子很快便會回來。」

千惠子的睡房一塵不染，雖然這兩年來她一直在美國唸大學，但禾田稻香卻吩咐下人每天打掃。

她踏進睡房裏，以絲綢和竹骨製成的精巧風車，放在一個玻璃盒中，掛在對正睡床的牆上。風車是給人許願的，風車一轉，好運便來，心願成真。千惠子從廟中求了這個風車回來，愛惜非常，只不知她當時許的是甚麼願。不過定與她無關，或者是千惠子祈求死去的母親安享天福吧。

禾田稻香絕少進入千惠子的臥室，千惠子在時她不敢，千惠子不在時，進去也沒有意思，她的眼光搜索洋娃娃的蹤影，目前她唯一可以為千惠子做的事，就是打理她的洋娃娃。

風車對正的地方只有睡床，沒有洋娃娃，房內一個洋娃娃也沒有，正如大野所言，千惠子從來也不喜歡玩洋娃娃。

禾田稻香心中一動，走近風車，風車車心有個標誌，印着「奈良寶山縣神道廟」的字樣。

這是怎麼一回事？

她的心卜卜狂跳，心中捕捉到一些還未成形但已露出端倪的意念。

她記起了千惠子說這話時的眼神，大野的話在心中響起「這孩子，我從不知她喜歡玩洋娃娃，直到她十六歲時……我才不叫她洋娃娃的乳名。」禾田稻香捧着心臟在內急劇跳躍的胸口，喃喃顫聲叫道：「洋娃娃就是千惠子，洋娃娃就是千惠子。」

千惠子在錄影帶內的臉孔，在她心靈的空間內擴大。

「她很淒涼！她很淒涼！」千惠子的聲音充塞着她的心頭。

禾田稻香尖叫起來。

管家推門搶進，驚惶地道：「夫人！發生了甚麼事，横山先生來了。」

横山正也從管家身後閃出來，道：「大野夫人，甚麼事？」

禾田稻香俏臉雪也般煞白，顫聲道：「請給我找隆一，我知道千惠子在甚麼地方。」

第五章

功虧一簣

八月十三日，晨。

千惠子半躺床上，眼皮愈來愈重，睡魔正消磨着她抵抗的意志。

不！我不能睡。

我不要再到那遙遠的地方去，受那些邪惡的生物控制。

驀地燈光熄滅，這沒有窗戶的房間，立時陷進伸手不見五指的黑暗裏去。

「咿唉！」

門被推了開來，透入微弱的日光，日光驀地一暗，一個人影投射進昏暗的房間裏，千惠子飽受驚嚇的心像給掉進冰水裏般寒凍。

一團黑壓壓的東西走了進來，是個高大的男人，可是卻看不清他的臉。門被他輕輕掩上。

千惠子再也忍不住呻吟起來，退往靠牆的一邊，搖頭哭道：「不要！不要！」

那男人以帶着濃重德國口音的英文道：「不要怕，我不會傷害你，侵犯你的葛柏已受到了懲罰，任何一個以粗暴方法破壞美麗事物的人都必須被毀滅。」

千惠子的恐懼有增無減，叫道：「不要過來。」

那人來到床沿，坐了下來，柔聲道：「不明白我嗎？你在哈佛是唸哲學和文學的吧！你一定有你的理想和抱負，便如我們也有我們的理想和抱負。」

千惠子見他沒有進一步的動作，心中稍安，道：「你的抱負？綁架和謀殺也算是嗎？」

那人輕輕一笑，道：「我們也是迫不得已的，人類文明帶來的不是幸福，而是災害，人口的爆炸，對環境肆無忌憚的污染、破壞、殺戮其他生命、砍伐美麗的山林、浪費地球的資源，你說比起這些暴行，我們幹的算甚麼？為了挽救這宇宙裏最美麗的星球，我不惜做任何事。」他的語氣並不激動，但卻是發自深心處的悲鳴。

千惠子想不到引出這一番話來，想了想道：「我看不出這和綁架我有甚麼關係？」

那人道：「要完成我們的理想，我們需要龐大的金錢和必需的材料，好像你父親這類剝削他人的大資本家，積聚了不必要的財富，我們取他少許，並不過份，其實他欠我們的遠比我們取他的多。」

千惠子呆道：「這……這是甚麼歪理？」

那人冷笑道：「歪理！整個人類文明由開始便走上錯誤的道路，工業大革命使這錯誤加速擴大，一發不可收拾。歪理在強權下變成真理，城市的出現，使人擠在一起，破壞自然生態；人愈接近，隔離愈大；經濟愈發達，愈是脆弱。種種乖常的行為、罪惡一日比一日嚴重，但卻看不到任何阻止這種種趨勢發展的因素……」

「啪啪，啪啪！」

那人道：「進來！」

金髮女郎衝了進來，惶急地道：「不好了，『天皇』有電話來！」

那人沉聲道：「出去再說。」

千惠子先是愕然，繼而心中現出一道希望的曙光。

納粹人和金髮女郎艾莎步出房外。

其他人已聚集門前，眼中均有驚惶的神色。

納粹人最是冷靜，道：「甚麼事？」

艾莎急道：「『天皇』有電話來，說大野千惠子在那錄音帶以巧妙的暗語暴露了我們的地點，我們要立即離開。在警方把整個地區封鎖前離開。」

納粹人全身一震，不能置信地叫道：「這怎麼可能？快，給她注射安眠藥，立即撤退。採用應急計劃。」

眾人應命而去。

納粹人推門入房，喝道：「你怎知我們的藏身地點。」

千惠子緊抿着嘴。

費清博士提着注射針走進來。

千惠子雖看不清楚，卻直覺地知道有事要發生在自己身上，駭然道：「幹甚麼？」

費清博士道：「乖孩子，一針你便會好好睡一覺，你不是不肯睡覺嗎？」

恐懼潮水般沖上來，千惠子狂叫道：「不要！」

禾田稻香發動汽車引擎，白色法拉利衝出大門，風馳電掣往機場駛去。橫山和大野已先她一步飛往奈良，參與拯救千惠子的行動。大野原先要她留在東京，不過她終於抵受不了似熱鍋上之螞蟻的滋味，逕自前往奈良，她不知自己能做甚麼，但總好過在家裏呆坐。

一輛電單車在倒後鏡出現，跟了一段路後，才消失不見，禾田稻香心下稍安，多事之秋，難怪會杯弓蛇影。

她轉上往機場的直路，不一會抵達機場，在停車場泊好了車，匆匆往機場大堂走去。這是暑假期間，大堂裏擠滿了人。

一個人在前面閃出來，攔着了去路。

禾田稻香定睛一看，原來是那天和橫山見面後，在餐廳門口撞在一起的英俊男子。他給了她非常深刻的印象。

那人當然是凌渡宇。

凌渡宇微笑道：「大野夫人。」

禾田稻香臉色一沉道：「你跟蹤我。」

凌渡宇誠懇地道：「我想你幫我一個忙。」

禾田稻香並沒有危險的感覺，因為附近四周全是人，遠處還有兩名警察，她不相信對方敢公然對她侵犯。而更重要的一點，眼前男子有種天生高貴和正義的氣質，眼神像是能透進人的心裏去。

但她現在的確沒有心情聽對方說話，也沒有興趣知道他的企圖，目下沒有任何事的重要性比得上拯救千惠子一事的千分之一、萬分之一。

禾田稻香垂頭避開凌渡宇磁石般的懾人目光，道：「對不起！我有急事。」舉步繞道而行。

凌渡宇虎軀一移，再攔在她面前。

禾田稻香慍道：「你再不讓開，我立即召警。」

凌渡宇平靜地道：「我是為千惠子的事而來，假設你不給我機會說清楚，千惠子小姐便難脫困境。」

禾田稻香芳心大震，瞪着凌渡宇道：「你怎會知道千惠子的事，你是……」她心中想到一個可能，正要叫起來。

凌渡宇急道：「不！你誤會了，我不但和綁匪一點關係也沒有，還是他們的死對頭，請給一點時間我解釋。」

禾田稻香冷冷道：「有甚麼事，你直接向警方或大野先生說，現在請立即讓開。」

凌渡宇見她神情堅決，知道不能在這點上和她爭持，瀟灑揚手作個讓路的姿勢，退在一旁。

禾田稻香頭也不回，逕自前行。

「橫山正也是綁匪一方的人。」

禾田稻香全身一震，停了下來，緩緩轉身，秀目茫然望向凌渡宇，喘了一口氣，顫聲道：「你說謊！」

凌渡宇伸手遞上一張字條，懇切地道：「這是我落腳的地方，你若想救出千惠子，請在今天之內和我聯絡。」

禾田稻香的眼光落在條子上，那是一間酒店的名字和房間編號。

禾田稻香嬌喘了幾下，搖頭道：「不！這不是真的，我不須要和你再有任何接觸。」

她碰也沒碰那字條，掉頭便走，可是手足卻忍不住冰冷起來。

大野隆一、禾田稻香和橫山正也站在藏參的屋內，警方各式各樣的專家正在忙碌地工作着。觸目驚心的是牆上用血紅的唇膏寫了幾個字：「大野隆一，這是最後的機會。」

一位警官走上來道：「屋內留下了大量的指紋、衣物，甚至廚房裏有煲焦了的烏冬麵，顯示疑匪走得非常匆忙，連毀滅痕跡的時間也沒有。」

大野隆一的臉陰沉得像暴風雨來臨前的天氣，但卻忍住沒有作聲。

禾田稻香的俏臉蒼白如紙，嘴唇顫震。

橫山正也的臉色也很不自然，藉故走了開去。

禾田稻香輕聲道：「隆一，我想找個地方説幾句話。」

大野道：「我沒有那心情。」

禾田稻香道：「那是很重要的事，關於千惠子的。」

大野隆一雙目一亮，現下只有千惠子三個字才能引起他的注意。

兩人回汽車裏，關上了門，狹小的空間使禾田稻香感覺上好了點，她沉吟片晌，道：「橫山先生可能有問題。」儘管在這樣的情形下，她的語氣和用字仍是爾雅溫文。

大野隆一呆了一呆，接着眼中射出狂亂和駭人的神色，火山爆發地一字一字咬牙切齒地道：「我不管誰有問題，橫山有問題，甚或是你有問題，我只要得回女兒，我的女兒，明白了沒有！」女兒的境況，使他失去了方寸。

禾田稻香不能置信地望着大野隆一，自相識以來，他還是第一次用這樣的語氣和她說話，淚水已在毫無控制下湧現在她眼眶裏。

大野隆一似乎知道自己語氣用重了，嘆一口氣道：「我一定要千惠子無恙歸來，這可憐的孩子。」

禾田稻香淚眼中的大野隆一只像個毫不相干的陌生人，但她卻和他同床共寢了這麼多年。

八月十三日，黃昏。

凌渡宇將鎖匙插進酒店房間的門鎖裏，忽地心中一動，直覺告訴他裏面有人，累年的精神苦修，使他擁有説給別人知道也沒有人相信的超自然靈覺。

他依然將門打開，卻沒有立即步進。

一把甜美嫵媚的女聲道：「凌先生！回來了嗎？」

凌渡宇笑着搖頭，到日本來難道就只有這種收穫。

昭菊穿着絲質恤衫和牛仔褲，懶洋洋地挨坐沙發裏，別具一種令人驚喜的爽颯手姿，與那天的花枝招展大異其趣。

崇尚自然的凌渡宇反而喜歡她這個模樣。

凌渡宇在她身旁坐下，笑道：「我還未曾謝你。」

昭菊吹彈得破的臉頰顯出醉人的酒渦，點頭道：「能幫上忙，是昭菊的榮幸。」

凌渡宇想不到她毫不居功，有點意外，道：「有沒有興趣陪我吃晚餐？」

昭菊眼中閃着喜悅的光芒，指指放在枱上的一個方盒子和一瓶酒道：「我特地往東京最著名的鰻魚專門店買了兩客鰻魚餐，還有一瓶地道的米酒，不知你喜不喜歡。」

凌渡宇對昭菊的玲瓏巧意大感招架不來，眼看佳人如花似玉，酒未沾唇人已醉，話鋒一轉道：「你和田木是甚麼關係？」所謂知己知彼，百戰百勝，假設昭菊是田木正宗的禁臠，站在朋友的立場，無論如何也不能奪人所好，他雖不避風流韻事，卻非常有原則。

昭菊被凌渡宇開門見山的一句，弄得粉臉泛滿紅霞，垂首道：「田木先生對我很好，我本是藝伎，他卻讓我為他打理酒吧業務，當我就像女兒一樣。」

凌渡宇心臟不爭氣地躍動了幾下，伊人如此細説情由，不啻清楚向他表明她是自由之身，可任君採摘，要知大家都是成熟的男女，在這種道左相逢式的交往裏，一是各行各路，若走在一起，必然會泛起情慾之念，且份外刺激動人。

凌渡宇站了起來道：「讓我先洗個澡，再享受你的鰻魚和米酒。」

昭菊盈盈立起，以蚊蚋般的聲音道：「讓昭菊服侍凌先生入浴。」

凌渡宇愕然，一時間不知如何回答，就在這時，門鈴響起。

凌渡宇皺眉道：「誰！」在這要命的時刻，誰人如此大煞風景，不過這亦應是順手掛上「請勿騷擾」牌子在門外的時候了。

他謹慎地在門後叫道：「誰！」

「是我！禾田稻香。」

凌渡宇呆了一呆，把門打開。

穿着鵝黃色連身裙、高眺頎長、丰姿綽約的禾田稻香盈盈俏立，秀長的鳳目有點紅腫，顯是今天曾哭過一場，她的眼光越過凌渡宇寬闊的肩膀，落在房中的昭菊身上，神情顯得意外和愕然。

禾田稻香垂頭道：「對不起！打擾了你們。」轉身便要離去，有點奇怪的羞憤交集。但凌渡宇只是個陌生人。

凌渡宇望了望身後的昭菊，轉回來叫道：「大野夫人！」

禾田稻香往升降機走去。

凌渡宇正要追出去，昭菊已越過了他，一把拉着禾田稻香道：「夫人！我只是為老闆送東西來的秘書，現在也要走了，我才不該打擾你們呢。」轉身向凌渡宇躬身說聲再見，反倒先走了。

禾田稻香站在走廊中，一時不知如何是好。

凌渡宇心想說謊說到底，房中還有鰻魚米酒，所以實在不宜回房，道：「不如我們到二樓的咖啡閣，喝杯咖啡好嗎？」

禾田稻香點頭。

在咖啡閣一個幽靜角落裏，兩人坐了下來，要了飲品，禾田稻香垂着頭，咬着下唇，欲語還休。

凌渡宇心想這種美女情態，實令人百看不厭，但正事要緊，打開話匣道：「怎樣？一定是發生了一些事，對嗎？」

禾田稻香緩緩抬起頭來，用力點了一下頭道：「是的。」對着這還未知道名字的男子，心中竟然泛起連對丈夫也沒有的溫暖和安全感。尤其是對方的眼神深邃無盡，既帶有哲人智者的風度，又具有英雄戰士的堅毅和勇氣，形成獨特非常的氣質。

她從未見過這種眼睛。

凌渡宇道：「讓我猜猜看，一定是千惠子的事出現了問題，且與橫山正也有關係。」

禾田稻香又再點頭，像變了個不會説話的啞巴。

凌渡宇道：「究竟是甚麼一回事？」

禾田稻香垂下眼簾道：「你不是甚麼也知道的嗎？」凌渡宇似能透視芳心的目光，使一向含蓄低調的她很受不了。

凌渡宇笑道：「我也希望自己是上帝，可惜事與願違。」

一直拉緊的氣氛，至此刻輕鬆了點。

禾田稻香勇敢地迎上凌渡宇的眼睛，道：「我並不認識你，也不知你的名字和來歷，你先要使我相信你，我才可以告訴你究竟發生了甚麼事。」

「你你我我」使凌渡宇的腦袋也大了起來，揮手道：「好了好了！讓我向你介紹一下自己，我叫凌渡宇……」跟着大概地將今次來日本的目的告訴了她，其中當然略去了抗暴聯盟和田木正宗這類須保密的環節。

禾田稻香俏臉蒼白起來，喃喃道：「難道橫山真的是這瘋狂組織的人，他還……還殺了人，噢！千惠子。」她閉上眼睛，忽又張了開來，道：「不！這不可能是真的，沒有人蠢得做這種自殺式的事。」

凌渡宇微笑道：「我也不信，可是這世上無奇不有，或者聖戰團故意放出這樣的煙幕，以掩護他們暗裏的大陰謀，製造核彈並非易事，將核彈發射更加不易，要用一個粗製的簡陋核彈去毀滅地球，簡直是癡人說夢，這些姑且不論，眼前當務之急，就是要救回千惠子，所以我需要你的合作。」

禾田稻香嘆了一口氣道：「好吧！我不知是給你說服了，還是別無選擇。」今次輪到她將今天的事和盤托出。

凌渡宇反覆詢問，一點細節也不放過，尤其是那盒錄影帶的內容，他更是問了幾次，最後皺起眉頭，苦思不語。

禾田稻香耐心地等待着，由今晨看錄影帶開始的焦惶，接着連串驚濤駭浪的事件，到此刻忽地心境清寧明淨，似乎一切都可以解決，大野那番傷透她心的話，已給拋離在不可觸及的遙遠處。

凌渡宇苦笑搖頭道：「我真不明白，千惠子憑甚麼知道自己被囚禁的地點，以聖戰團的謹慎作風，絕不會容許這樣的漏洞。」

禾田稻香聳聳肩，表示不覺得這是一個問題。

凌渡宇道：「無論如何，聖戰團留下了很多尾巴，只要我們善加利用，必可致他們於死地。」頓了一頓道：「大野先生有沒有收到綁匪的勒索要求？」

禾田稻香搖頭道：「沒有！」

凌渡宇道：「大野先生有沒有對這表示奇怪？」

禾田稻香道：「沒有！」

凌渡宇嘆道：「聖戰團果是高明，勒索的要求早便送到大野那裏去。」

禾田稻香茫然望着凌渡宇。

凌渡宇俯前輕聲道：「聖戰團只須在擄劫發生的同一時間，將勒索信送到大野手上，便只有大野一人知道綁匪的要求，所以大野才對這不表奇怪，因為他早知綁匪的要求。」

禾田稻香心中淌着眼淚，大野連她也瞞着，還當她是甚麼。

凌渡宇道：「我可否和大野先生一談，若能知道綁匪的要求，對了解聖戰團的陰謀，將有很大的幫助。」

禾田稻香搖頭黯然道：「那是沒有用的，尤其你不是日本人，他是個徹頭徹尾的日本大男人，自私主觀，但卻以教養和風度包裝起來，他會不惜一切換回女兒。」

凌渡宇道：「既然他是這樣的人，為何你又嫁給他。」

禾田稻香責怪地道：「凌先生……」

凌渡宇醒悟到自己的唐突，抱歉地道：「對不起！我失言了。」

禾田稻香轉過話題道：「現在我們應怎麼辦？」

凌渡宇充滿信心地微笑道：「中國有部兵書，其中有一章說的就是『造勢』，例如你要推一塊巨石，在平地上推不動，但在山坡頂上一推，便會滾了下去，這就是造勢。」

禾田稻香眼中閃爍着興趣，眼前這中國人的一言一行，總是能這麼地吸引她的注意。

淩渡宇作了個攫抓的手勢，加重語氣道：「横山正也雖然狡猾強悍，但已給我捏着了他脆弱的喉嚨，我要使他成為聖戰團致敗的根由。」

第六章

海上驚變

八月十四日，晨。

酒店房間內的電話鈴聲大作。

凌渡宇的意識從心靈大海深處逐漸浮起，回到現實的世界，他走出禪定的狀態和姿式，站了起來，上前幾步，拿起電話。

「你那處是甚麼時候了？」一把雄壯的男聲以英語道。

凌渡宇看看窗外初陽下的城市景色，剛好有一對白鴿追逐飛過，似乎為美麗的天氣歡欣鼓舞。

他答道：「早上了，金統，有甚麼好的貨色賣給我。」

金統是他名副其實出生入死的戰友（事見拙作《光神》、《獸性回歸》），是國際刑警的最高層領導之一，在國際警界非常有地位。

金統道：「為了你這只是有事才找老朋友的傢伙，忙足了一晚，看你應怎樣酬謝我。」

凌渡宇笑罵道：「若果你的貨色確屬上品，不單只我，全人類也會酬謝你，假設他們知道的話。」

金統嘆了一口氣道：「遇着你這類忘恩負義的傢伙，惟有作個施恩不望報的大善人，首先，從奈良藏參屋得來的指紋，已由日本警方電傳至國際刑警的巴黎總部，認出了其中的一個人。」

凌渡宇可以想像其中所牽涉的人力和物力，金統亦一定已落足全力。讚道：「好傢伙，那是誰？」

金統道：「這人在研究地球臭氧層上大大有名，曾是美國氣象局裏的專家，發表了十多篇關於如何保護地球大氣的重要文章，提出了種種解救的方法，可惜都不獲國家撥款，最後憤而辭職，他就是費清博士。」

凌渡宇道：「這樣一個人才，為何得不到國家的支持？」

金統道：「他的保護大氣計劃與幾個大公司的生產計劃有抵觸，所以受到暗中的排擠，連研究基金也被臨時腰斬，悲憤交集下，他曾試圖在其中一間公司放置炸彈，事敗被捕，入獄兩年後，出來便像在人間消失了，想不到成為了這勞什子聖戰團的成員。」

直到放下電話，淩渡宇也不知是甚麼滋味。不過目下不宜多想，他又打了一個電話給田木正宗，當他説到要對付的人只是横山正也時，田木幾乎想也不想便答應了。

一切已安排好，只剩下一個要打給横山正也的電話。

他正在造勢。

只有在敵人失去方寸時，他才能覷隙而入，有機可乘。

門鈴響起。

來的是禾田稻香，穿着簡便的旅行裝束，一副郊遊的模樣，腼腆地道：「遊艇預備好了。」

淩渡宇驚訝得口都合不攏來，道：「你為甚麼穿成那個樣子？」

禾田稻香裝起個罕有的俏皮和無賴表情，聳肩道：「我出海的裝束素來都是這樣，有甚麼出奇。」

凌渡宇苦笑道：「我問你借遊艇，是準備獨自出海，並沒有打算邀請你，而且此行生死未卜，怎適合柔弱如你的美人。」

禾田稻香挺起胸膛壯語道：「我是個優秀的遊艇駕駛員，當你『砰砰』和賊人駁火時，我便為你控制遊艇；當你悶時，我可以為你拉小提琴。」她今天的神態明顯地輕鬆了很多，像是從囚籠解放出來的鳥兒，說話時神態天真可人，令人難以掃她的興。

凌渡宇道：「大野隆一會怎樣想？」

禾田稻香收起笑容，深吸一口氣，緩緩道：「名義上他仍是我的丈夫，但心理上我已和他離了婚。我和他是絕對的兩類人，他要保鑣跟出跟入，我不肯；他要坐有身穿制服司機駕駛的日本車，我卻要駕我的法拉利；他要我去應付那些滿身銅臭的奸商，我卻去聽音樂會……」她忽地垂下了頭，幽幽道：「對不起！我不應和你說這些話。」

凌渡宇道：「有甚麼是應該和不應該的！」

禾田稻香道：「謝謝你！」

凌渡宇愕然道：「謝我甚麼？」

禾田稻香道：「你答應了帶我去。」

凌渡宇茫然道：「我甚麼時候答應和你去？」

禾田稻香道：「當你說沒有甚麼應該不應該的時候。」

凌渡宇啞然失笑道：「但大野隆一會告我拐帶人口的。」

禾田稻香胸有成竹道：「放心，他昨晚飛了往美國，不過就算他在這裏，也沒有分別，找回千惠子後，我和他之間的事亦將完結。」

凌渡宇沉吟道：「大野屈服了，綁匪的要求除了金錢外，一定還包括了他旗下公司出產的產品，所以只要掌握到大野的活動，我們便可推測到綁匪要求的是甚麼。好了，在啟碇出海前，請你打個電話。」

橫山正也比平時早了點回到辦公室，只有在這裏他才有安全感，因為他可以清楚知道四周發生了甚麼事。

電話響起。

橫山拿起電話，道：「橫山正也！」

聽筒傳來幾下沉重的呼吸聲。

橫山正也皺眉道：「誰？」

「橫山正也，你好……想不到你是這樣的人！」

橫山正也呆道：「稻香，是你。」

禾田稻香憤怒的聲音道：「不要叫我稻香。」

橫山正也冷冷地回敬道：「大野夫人，請問有何貴幹？」

禾田稻香也冷冷道：「有人找我丈夫，說要向他出售你參與綁架千惠子的證據。」

橫山正也整個人跳了起來，狂怒道：「這是絕對荒謬的事，那人是誰。」

禾田稻香道：「荒謬？那人還說你殺死那個甚麼叫葛柏的瘋子，荒謬？我真後悔認識你。」

「啪！」

電話掛斷。

橫山正也拿着話筒，忘記了放下來，思想進入前所未見的混亂狀態，最命中他要害的是禾田稻香提及葛柏的事，使他知道並非虛言恫嚇。是離開的時候了。

而且須以最快的速度離開，幸好他早已有了應變計劃，為了達成大業，每一個步驟都曾經過縝密的思考。

可是卻從沒想過竟會如此地意外頻生，而且還不明白岔子出在哪裏。

海鷗在尖叫聲中掠過海灣，貼着海面上振翼低飛，找尋目標中的魚兒。帶着鹹味的海風，從太平洋吹進位於東京西南的陸奥灣。

凌渡宇站在駕駛艙內，將遊艇駛進海灣，泊在海灣的一角。駕駛室內配備着各種儀器：電腦化的導航儀、航行計算器、精密的雷達、大功率的無線電收發器、電視掃描儀和先進的聲納系統。這艘以「稻香號」命名長達九十八呎的遊艇，是大野隆一送給禾田稻香的二十五歲生日禮物，那是三年前的事了。

船身非常堅固，最高時速可達五十八浬；精緻的桅杆上安裝着天線、雷達和各種電子儀器，作為追蹤納粹人等的工具，可說是沒有比這更理想的了。

凌渡宇泊好了船，離開駕駛室，步上甲板，來到「客廳」裏。禾田稻香剛弄好了食物，放滿桌上，有點躊躇滿志地笑道：「凌先生，午餐預備好了。」

凌渡宇在鋪着榻榻米的地板坐了下來，正想給自己倒杯冰水，禾田稻香已早他一步提供了服務。

她笑意盈盈地坐了下來，看着邊吃邊讚好的淩渡宇，以比淩渡宇慢上至少兩倍的速度，吃着面前的食物。

淩渡宇嘴中塞着一塊壽司，含糊不清地道：「你愛看人吃東西嗎？」

禾田稻香抿嘴一笑，道：「不！其他人在我面前吃東西都是斯斯文文的，從沒有人像你那樣狼吞虎嚥，所以覺得很有趣。」

淩渡宇正要說話，無線電響起。

「淩先生，我是荒島，橫山的車子剛駛過了高崎，往沼田駛去，假若我估計不錯，他的目的地不出柏崎和直江津兩個小海港。保持聯絡。」

淩渡宇捧起一碟魚生，道：「女船長，船可出海了。」

遊艇沿着美麗的海岸全速前進，禾田稻香全神駕着遊艇，淩渡宇輕鬆地坐在無線電旁，不斷接收着有關橫山正也行程的信息，只有田木正宗的勢力，才可以如此大規模地追蹤着一個像橫山正也那樣經驗老到的高手。

禾田稻香道：「你怎知橫山的目的地是個海港？」

凌渡宇瞇起眼道：「你有你不能啟齒的秘密，我也有我的，這樣才算公平，是嗎？」

禾田稻香輕聲道：「假若我將所有秘密告訴你，你是否也會將所有秘密告訴我。」

凌渡宇心中流過一道暖流，以禾田稻香這種含蓄的女子，說出這樣的話，已是大有情意，尤其她仍是大野夫人的身份。

凌渡宇微笑道：「秘密是不可以用來作禮物交換的，我曾看過一張照片，知道聖戰團是坐船來日本的，所以想到若遇上緊急事故，他們最佳的撤離工具，莫若乘船，一到公海，他們便安全了，尤其他們船上必有武器，大增逃走的機會。」

禾田稻香恍然道：「噢！是這樣的，但為何你不通知日本警方。」

凌渡宇道：「一向以來我都不大相信官僚機構，但在適當時候下，國際刑警將會知會他們。」

兩人陷入沉默裏，海風徐徐吹來，太陽逐漸沒進西邊的水平線下，霞光將天際染得粉紅一片。

間中有船駛過，都向他們響號致意，諷刺的是遼闊的海洋裏，人與人間的隔離反而縮小起來。

禾田稻香出其不意地道：「你知我為何這麼容易相信你對橫山正也的看法？」

淩渡宇詢問地望向她。

禾田稻香道：「他曾是我在大學時的同學和戀人，曾經相好過一段日子，這期間我發現了他一個奇怪的行為，例如他堆沙造城堡，堆砌的過程裏他的專注和用心是驚人的；但當美麗的城堡弄了出來後，他會用腳毫不留情地將它踏平，眼中還射出滿足的光芒，我問他為何要這樣做，他說只有毀滅才能令美好的事物不須經過衰敗的階段，所以毀滅才是永恆的。」

淩渡宇心中升起一股寒意，可能就是這種心理，使位高權重的橫山正也參與了追求「再生世界」的聖戰團。

「這是否你離開他的原因？」

禾田稻香道：「只是其中一個原因吧，基本上他是個很自私的人，想完全地擁有我，我……我受不了那束縛，正如我終於忍受不了『大野夫人』的生活。」

凌渡宇點頭表示明白。

禾田稻香道：「你究竟是甚麼人？」

凌渡宇知道她想知道他的身份，嘆了一口氣道：「只是個蠢人，當別人享受着寧靜豐足的人類文明時，我卻為了一個遙不可及的理想東奔西跑，出生入死，幸好我認為蠢人永遠比聰明人快樂。」

禾田稻香噗嗤笑起來道：「這算是甚麼邏輯？」

無線電響起，荒島的聲音傳來道：「橫山的車在長岡加油後，往北駛去，他曾向油站的人問及往新潟的路。你們在哪裏？」

凌渡宇笑道：「我們離開新潟只有兩小時船程，一不小心可能會衝上岸將橫山的車壓扁。」

荒島大笑道：「記着不要這麼快將他拖出來，待他死得透徹一點。」

黑夜終於降臨。

遊艇在日本海上乘風破浪，東面是日本本島延綿不絕的海岸線，天空上繁星密佈，壯麗感人，和煩囂的東京市相比，這是另一個完全不同的世界，只有在這裏，在大自然的懷抱裏，人才能體會到生命的本質和意義，人造的三合土森林只能帶來迷失、惘然和虛假的成就感。

荒島的聲音再次從無線電傳來道：「橫山正也在新潟登上了一艘泊在那裏的無人快艇，往佐渡島的方向駛去，快艇已給我們裝了你指定的追蹤器，由現在起，一切就要看你的了。」

凌渡宇感激地道：「多謝你們，請向田木致意。」

遊艇全速前進。

駕駛的責任交回禾田稻香手裏，凌渡宇聚精會神坐在追蹤雷達的熒幕前，藉着精巧的電子訊號感應儀器，追蹤着橫山正也快艇上追蹤器發出的特有訊號。

快艇的速度可能比他們性能優良的遊艇還要快，但是他們勝在並非啣尾窮追，而是先假定快艇的去向，再在前方截入。

當逼近佐渡島的西北偏北處時，凌渡宇叫起來道：「關燈！」

遊艇上的燈火立時熄滅，只剩下駕駛艙內微弱的暗光。

凌渡宇轉過頭來道：「找到橫山正也了。」

「再生號」上閃滅不停的青黃訊號燈在黑黝黝的海上令人份外精神，橫山正也緊提起的心，現在才放下來。

從東京直至新潟，一路上他都有被人跟蹤的感覺，可是當他用種種手法查證時，都沒有任何發現，或者是自己杯弓蛇影，又或是對方既是跟蹤老手，又擁有巨大的勢力，不過對方一定想不到他有隻快艇泊在岸邊等待着他，這快艇比警方的快艇有更佳的性能。

目下他是安全了。

再生號逐漸擴大，他已可清楚看見向他揮着手的費清博士和美麗的金髮女郎艾莎，這妮子的身材相當不錯。

除了費清和艾莎兩人外，還有納粹人、仁川和良子夫婦。這夫婦是新一代的日本青年，因加入聖戰團而認識，對聖戰團的理想堅貞不二。最後是法國人米爾，他曾是執業醫生，至於為何加入了聖戰團，他便不清楚了。

當然，還有千惠子。

快艇逐漸轉慢，緩緩貼近再生號。

橫山正也爬上甲板，不知是否他多疑，眾人的臉色都有點陰沉和不自然。

納粹人將橫山擁入懷裏，親切地道：「親愛的戰友，看到你安全回來，令我放下心頭大石，告訴你一個好消息，大野隆一已答應了我們的要求，夢想將快要實現。」

艾莎道：「你一定餓了，良子為你預備了食物。」

眾人進入寬大的艙廳裏，圍坐在長方形餐桌四周，桌上放滿水果和鮮菜，是個豐美的素菜餐。

納粹人道：「這都是大地賜與我們，讓我們珍惜地享用它們。」

橫山環目四顧，訝道：「米爾在哪裏？」

納粹人臉色一黯，沉聲道：「千惠子出了問題，在奈良給她注射了安眠藥後，一直未醒轉過來，米爾在照顧她。」

橫山正也愕然，想了想嘆氣道：「她這幾個月來一直有病，難怪會這樣。」

納粹人搖頭道：「問題並非如此簡單，她發着超乎常理的高燒，照米爾說一般人早已喪命，但她卻仍頑強地活着，間中她會尖叫起來，有時說日本話，有時卻說着非常奇怪的言語，有點像着了魔似的，但始終昏迷不醒。」

橫山正也道：「你也信魔靈附體這類荒誕的無稽事嗎？」

納粹人苦笑搖頭，沒有答他，其他人也神色凝重，氣氛一時間非常僵硬。

橫山正也提出橫亙在心中的問題道：「為何會如此失策，竟讓千惠子知道了自己在甚麼地方。」

眾人眼中均閃過一絲恐懼的神色，和對沒法把握的事物衍生憂疑。

艾莎道：「她是沒有可能知道的，由療養院劫走她開始，直至到那間沒有窗戶的隔音密室，她都陷在昏迷狀態。」

費清博士道：「就算她睜大眼睛，也不能看到甚麼東西，我們為這使我們慌忙失措得陣腳大亂的意外，苦思至現在，都找不到合理的解釋。」

納粹人插入道：「無論如何，只要我們得到大野交來的東西，便可以進行『再生計劃』，那時甚麼問題也沒有了。」

費清博士沉聲道：「我真想看看那些政客奸商嚥最後一口氣前的嘴臉。」

良子微喟道：「我卻不敢看，尤其是小孩子……」

仁川摟着她的肩膀，安慰道：「你知我們是迫不得已的，與其讓世界末日的災難慢慢將人類煎熬至死，不如將整個過程加速，使他們少受點痛苦，而地球和人類卻可以再生。」

良子無力地點頭，將臉埋入仁川懷裏。

眾人的情緒從千惠子身上種種難解之謎，轉往一個更遠大的題目上。

納粹人正要說話。

一道尖嘯刺進眾人的耳膜。

那就像兩塊萬斤重鐵，在天空上摩擦的刺耳高頻尖音，又像尖銳物體劃過鐵板所產生令人毛髮豎起的嘯響。

眾人痛苦地弓起身體，雙手死命掩着受不了刺激的耳朵，腦中一片空白，甚麼也不能想。

在進入神經錯亂的邊緣時，異響消去。

眾人不放心地放下掩耳的手掌，坐直身子，抬起頭來，駭然互望。

腳下傳來一聲厲叫，接着是重物撞上艙壁的巨響，整艘長逾百呎的遊艇顫震起來，回應着有力的撞擊。

眾人呆了一呆，一時間腦中空白一片，摸不着發生了甚麼事。

但每一個人的神經都像彈簧般硬扯至筆直，一種對無知事物的恐懼敲打着他們顫慄的靈魂。

他們可以互聽到各人心臟跳動的聲音。

「砰！」

再一下巨響後，下面的底艙轉為沉寂。

納粹人和橫山正也最先回復過來。

納粹人衝向轉往下層旋梯，叫道：「米爾！發生了甚麼事？」

橫山正也拔出手槍，貼後跟進。

轉瞬走下旋梯，艙底的情景映入眼簾。

血！地上全是血。

米爾伏身一角，頭顱破裂，血從頭上不斷淌出，像小溪流水般隨着船的搖擺傾側而竄溢。

多日未醒的千惠子坐了起來，望着闖下來的納粹人。

那明明是千惠子，但納粹人卻很清楚感到那是另外一個人，或者說是另外一種生物。

她的眼閃動着奇異的光芒，光和暗的對比是如此地明顯，便像有人在她體內有節奏的開燈和關燈，在幽暗的艙底昏黃燈光裏，倍添詭異。

這仍不是使納粹人最震驚的地方。

最使他魂飛魄散是他的目光竟不能再轉移往另一個地方，千惠子的眼光有若具有強大而無可抗拒吸力的大磁鐵，將他的眼神牢牢吸緊。

他的腳步不由自主往她走去，筆直來到她身前，才猛然醒覺，他喉嚨發出沉重的喘息，待要拼死掙扎，雙腳一軟，在床沿旁跪了下去。

一股冰冷邪惡的可怖感覺，箭矢般由他雙眼處射入，冰水般竄進他每一條神經、每一道脈絡。

他想叫，已發不出任何聲音。邪惡的力量，侵進他似若毫不設防的神經世界裏。

千惠子明滅不定的眼神，轉為沉凝不動，乍看和以前的千惠子沒有任何分別，只是兇狠了百倍千倍。

這時橫山正也才趕到艙底，警務人員的本能使他沒有像納粹人那樣貿然衝下旋梯，尤其當他嗅到血腥的氣味。

他站在旋梯的盡處，駭然地看着眼前不能置信的一切，他更不明白為何納粹人向着坐於床上的千惠子跪下。

他只看到納粹人強壯寬闊的背部，卻看不到他因臉肌扭曲至變形的樣貌，和他痛苦絕望的眼神。

橫山正也舉起手槍，瞄着千惠子，喝道：「不要動！」

千惠子冷冷地向他望來，一瞥之下，又再凝注在眼下的納粹人身上。

橫山正也正奇怪為何千惠子看他的目光是如此地陌生和濃烈，因為他們曾有數面之緣，下一刻，他已完全失去了冷靜和應付危難的機智。

一股冰冷邪惡教人極端不舒服和令人煩厭的感覺，從他的雙眼處透入，全身驀地一陣虛脫，肚腹處強烈攪動，他像焯熟了的蝦一般彎起來，口張開，剛才吃的東西山洪暴發般嘔吐出來，一時腥臭熏天。

其他人已趕下來，艾莎扶着他的肩頭，叫道：「你怎麼了？」

費清博士和仁川越過他兩人，往納粹人和千惠子走去。

良子尖叫起來，軟倒在旋梯的梯級處，惶然不知所措。

費清博士來到千惠子前，往她肩頭抓去，同時喝道：「千惠子！你幹甚麼？」他雖然並不能掌握眼前的一切，但已想到關鍵在她身上。

千惠子往後一仰，費清一抓抓空。

她並不是故意避他，而是眼神一黯，昏倒床上。

費清呆了一呆，忽地感到跪在身後的納粹人猛地卓立而起。

他正要轉頭望去。

頭頸已給從後迫上來的納粹人抱個正着。

跟着納粹人有力的右手將他的頭往右邊扭去，而肩膀卻給他的左手拉往相反方向。

「咔嚓！」

他一生最後聽到的聲音，就是頸骨折斷的聲音。

剩下的三人同時一呆，不能相信眼前發生噩夢般的事實。

橫山正也強忍着嘔吐的衝動，伸直腰肢。

手中的槍揚起，手指已準備用力扳掣。

納粹人轉過身來，眼光望往他持槍的手上。

橫山正也的手一陣痠軟，手槍脫手掉在地上。

納粹人緩緩向他走來，站在一旁的仁川狂叫一聲，一掌往納粹人劈去。

納粹人眼中兇芒一閃，略一移動，仁川原本劈向他後頸的手刀，劈了個空，他向前一迫，手撮成鋒，閃電般刺在仁川胸膛。

令人慘不忍睹的事發生了。

納粹人的手掌刺穿了仁川的胸膛，整隻手沒入了仁川的身體裏。無疑納粹人本身是個非常強壯的人，但仍沒有這種近乎超自然的力量。

仁川口中發出驚天動地、撕心裂肺的慘叫。

良子見丈夫突遭慘禍，忘我地站了起來，向纏着的兩人撲去。

艾莎腳一軟，往地上倒下去，全身顫震，連逃走的力氣也失去了。

良子這個動作救了橫山正也，納粹人甩開仁川的屍體，望向橫山正也，下一個目標顯然是他，良子一撲上去，他的注意力轉到良子身上。

橫山正也當被納粹人望着時，全身乏力，但在納粹人轉到良子身上時，他立時渾身一鬆，攫抓着他神經的異力轉移開去。

他這時只想逃命，當他由旋梯奔上上艙時，良子的慘叫聲從下傳來，倏忽中斷。他一生從未試過像現在那樣驚懼，撲出甲板，他想跳入海水裏，忽地瞥見自己駕來的快艇，大喜下解開繫索，躍了下去，瘋狂地發動引擎。

另一下慘叫傳來，是艾莎死前的嘶喊。

在他心臟狂擂下，艇尾打起浪花，開始駛離遊艇，眼看逃離險境。

忽然一股邪惡的力量從背脊透入，由脊椎直衝腦後，橫山正也神志一陣迷糊，他知道這是生死關頭，死命掙扎，驀地回復清醒，駭然發覺快艇正往回駛去。

他毫無節制地狂叫起來，一扭軚，快艇一枝箭般繞過遊艇，往偏西處駛去，不斷拉遠與遊艇的距離。

納粹人的狂吼在後方響起。

橫山正也待要回頭張望，胸脇間劇痛撕體，他低頭一看，一截鐵枝在左脇處突了出來，這才醒悟到是納粹人擲來的鐵枝，從背後穿破了自己的身體。

他慘叫一聲，往後便倒。

凌渡宇看着雷達顯示熒幕，脫下戴在耳上接收追蹤訊號的收發器，奇道：「沒有理由，快艇為何又駛走了。」跟着向禾田稻香道：「讓我來駕駛。」

遊艇逐漸回復先前的高速，向海上某一目標趕去，他心中升起一股不祥的預兆，過人的靈覺，使他能感知一般人感覺不到的危險。

海域裏激盪着一股邪惡的無形力量。

禾田稻香不斷按搓着頭，軟弱地坐在一旁，心中煩躁，這種情緒她是少有的。

她道：「發生了甚麼事？」

凌渡宇的精神力量比她強勝百倍，並沒有受到影響，苦笑道：「但願我能知道？」橫山正也的快艇突然離去，大出他意料之外，打亂了原本訂下由水底潛往遊艇，破壞遊艇馬達的計劃。

這還不是最令他困擾的地方。

那種危難來臨的預感才是最使他憂慮，尤其還要照顧柔弱的禾田稻香。

半個小時後，快艇出現在遊艇的左舷，凌渡宇將駕駛的責任交回禾田稻香，他走上甲板，亮着了強力的照明燈。

快艇停了下來，隨着海浪急劇起伏，艇上一片血紅，一個人仰跌艇底。

遊艇泊了上去，凌渡宇將快艇勾了過來，繫在船旁，才跳了下去。

「橫山正也！」

橫山正也呻吟一聲，張開眼來，茫然望向凌渡宇。

凌渡宇一看貫胸而過的鐵枝，知道神仙難救，不敢動他，低喝道：「橫山正也，我是你的朋友，告訴我，發生了甚麼事，誰傷害你。」

橫山正也神志迷糊地道：「納粹人，不！他已不是納粹人，他們死得很慘。」

凌渡宇雖然智慧過人，一時也摸不清他在說甚麼，只有再問：「千惠子在哪裏？」

橫山正也呻吟道：「船上，太可怕了。」一陣喘氣。

凌渡宇知道他死亡在即，喝道：「聖戰團究竟想幹甚麼？」

橫山正也驀地張開眼睛，露出迴光返照的清醒神色，道：「又是你？沒有了，大禍已經發生，『再生計劃』已沒有意義。」頭一側，斷了氣。

凌渡宇回過頭來，禾田稻香站在船舷，居高臨下，駭然的眼神，青白得怕人的臉色，像是不相信眼前所見的景象。

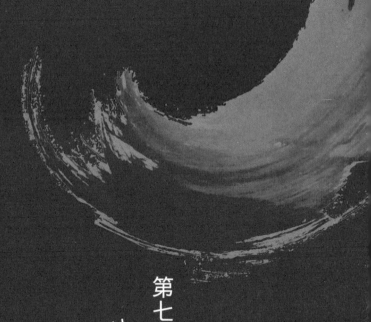

第七章

生死對決

黑漆漆的海面，反映着夜空上微弱的星光，再生號在海面上隨波起伏，船首和船尾的指示燈像魔鬼的眼睛，艙內和駕駛艙均透出金黃的燈光，但卻一點也沒有人的生氣，只有海浪拍打上船身單調而又永不休止的聲音。

淩渡宇潛至船旁，在船尾處靜靜地冒出海面。他將一個有強力吸盤的鈎子黏貼在船身，借力升離了水面，第二個鈎子安貼在更高的位置，到第五個鈎子時，他已像貓兒般輕盈地躍上船尾。

船上靜悄悄地，不聞半點人聲。

但他超乎常人的靈覺，卻感到一陣出奇的煩厭和不舒服，他不明白為何有這種異常的感覺，這時已沒有可供思索的時間了，行動是首要之務。

他從防水的背囊取出一支發射麻醉藥針的手槍，弓着身、鬼魅似地竄過靜悄悄的甲板。非必要時，他是不會動用殺傷力強的傢伙。

駕駛艙在最上一層，下面是上下兩層的船艙。

他來到艙口處，眼睛往內望去。

長桌上堆滿蔬果，但卻空無一人，在艙尾處有一道旋梯，看來像是通往地獄的入口，不知如何，他有種不寒而慄的感覺，血腥味從那裏隱透出來。

他強壓着往內去的衝動，閃過艙口，來到船艙的一側。

一道梯子通往上面的駕駛艙。

他攀梯而上，才登上兩級，仍未看到駕駛艙的情形。

上面忽地傳下兩聲沉重的呼吸。

凌渡宇全身一震，不是因為上面竟然有人，而是心中升起一股難以言喻的感覺。

極度的煩躁。

一種無形的能量，在空氣中激盪着，那種力量透進人的神經裏，使人心跳乏力。

凌渡宇閉上眼睛，深深地呼吸，直至心神回復平靜，才往下回落。若非是他，換了別人，早已抵受不住跌了下去。他一生人便是在精神功夫上修行，比普通人有強大百倍的精神力量，才能堅持下去。

直到腳踏在甲板上，他才鬆了一口氣。他不明白發生了甚麼事，恐怖駭人的氣氛，瀰漫在這充滿死亡氣息的船上。

他退回艙口，小心翼翼閃進艙裏，他身體每一寸肌肉都全面戒備着，準備應付任何突如其來的變化。

他探頭往旋梯內望進去。

以他見慣血腥場面的經驗，也不由倒抽了一口涼氣。

這個角度往下望，恰好見到一頭金髮散鋪在旋梯最下的一級，一隻鮮血淋漓的手伸了出來，緊抓着旋梯邊沿作為外欄的鐵枝。這金髮女郎死前應是拼死往上爬，但卻給人硬生生拉回去，所以旋梯最下幾級拖出了幾道觸目驚心的血痕。

凌渡宇自然地回身後望，寂然無人的艙口吹來了一陣寒風，幸好他膽子極大，而且他的一個優點是愈危險時愈能保持冷靜，這助他屢渡難關。

他提起麻醉槍，往下一步一步走去，到了最低第五級時，他手按扶欄，躍了下去。

「噗」的一聲，他已站在底艙的地板上，同時身子俯低，減少敵人攻擊的面積。

入目是血淋淋的人間地獄。

除了身後的金髮女郎，另四條屍體分佈在艙內不同的位置，破頭、斷頸、破胸，裂腹，種種死狀，慘不忍睹。艙板艙壁染滿血漿，在昏黃的燈光下，充滿了邪惡的恐怖味道。

凌渡宇的眼光轉往艙端床上暈倒的少女，她仰躺床上，秀髮披散，胸脯輕起輕伏，是這屠場裏唯一的生命。

千惠子！

凌渡宇跨過屍體，來到床前，伸手輕拍千惠子的俏臉。

千惠子「啊」一聲輕輕呻吟，悠悠醒轉，當她張開眼來，看到凌渡宇，猛然省起甚麼似的，張口便要驚叫。

凌渡宇早估到她有這種反應，一手掩着她的櫻唇，柔聲道：「不要怕，我和你媽禾田稻香來帶你走。」

千惠子不但沒有半點喜歡，反而露出駭然欲絕的驚懼神色，拼命搖頭。

凌渡宇的手輕輕離開了她的小嘴。

千惠子閉目喘氣，卻沒有再叫。

凌渡宇低喝道：「勇敢點！我們走。」

千惠子睜開眼睛，珍珠般的淚從美麗的大眼睛滾滾流下，搖頭道：「走不了！他……他在附近，我感覺得到。」

凌渡宇不解地道：「不用怕！我會保護你。我……」他倏地止住聲音，一股邪惡冰冷的感覺，由背後脊椎升起，轉瞬瀰漫全身，他甚至有想嘔吐的感覺。

千惠子目瞪口呆望着他背後。

「蹬蹬蹬！」

旋梯響起沉重的腳步聲。

淩渡宇上覺一股暈眩和乏力的感覺風暴般吹襲着他的神經，使他只想往地上躺下去。

「啊！」

千惠子掩着臉悽叫起來。

淩渡宇像在逆風中搶上斜坡的人，憑着鋼鐵般的意志，將身體往後扭轉過去。

一對餓狼般血紅的眼睛瞪視着他。

寬闊的肩膀，棕紅的頭髮。

納粹人立在旋梯盡處，瞪視着他。

無形邪惡的可怕能量，在底艙的空間內激盪着，淩渡宇正處在這能量漩渦的中心點，他很想捧着頭高叫起來，但他正以無上意志抗拒着這想法和衝動。

千惠子歇斯底里地尖叫。

淩渡宇運聚全心全能，狂喝一聲，手中的麻醉槍揚了起來。

納粹人雙眼異光大盛。

淩渡宇全身僵硬起來，槍舉到一半便凝在半空。

他忽地明白了横山正也的説話。

他是納粹人，也不是納粹人。

人是沒有這種超乎常人的無形能量，一種能控制別人神經的邪惡力量。

淩渡宇開始深長的呼吸，累年的精神苦修使他有抗拒的本錢。

納粹人眼中透射出驚異的神色，想不到竟有像凌渡宇這樣的頑強對手，喉嚨處發出野獸般的喘息聲，身子倏地向凌渡宇迫來，手指撮聚成鋒，當胸插至。

千惠子再發出驚天動地的一下尖叫，聲音倏止，似是暈了過去。

看着當胸插來的手刀，凌渡宇想起地上破開胸膛的屍體，奮然一振，槍向前瞄，手指扳掣。

「篤！」

一枝麻醉針正中對方手刀的中指尖。

納粹人的反應非常怪異，像小孩第一次玩火給燒灼的情形，全身一震，手往後縮，怪叫一聲，向後急退。

凌渡宇只覺全身神經一鬆，扳掣要射第二針，黑影一閃，握槍的手一陣劇痛，手槍已脫手飛去，原來納粹人急退後又欺身上來，舉腳踢正他的手。

懾人神經的力量又再開始入侵他的神經。

但剛才那一下放鬆已使凌渡宇若脱籠的飛鳥，重新恢復了力量，避過納粹人當胸踢來的另一腳，閃到對方身側，腰一扭，膝蓋重重頂在他胯下。

納粹人近二百磅的身體，也給他整個人撞得往後踉蹌退去，直至碰上艙壁，才停了下來。

試圖攫抓凌渡宇神經的可怕力量，忽又消去。納粹人的精神力量，隨着他身體的狀況而增減。中了麻醉針後，他的力量明顯地減少。

凌渡宇何等機警，也顧不得地上的屍體和血污，就地一撲，往麻醉槍跌落的方向滾去，若能給納粹人補上兩針，説不定能制伏眼前這可怕的生物。

納粹人借撞牆之力，又彈了回來，往麻醉槍處虎撲而下，剛才那下膝撞，似乎對他沒有影響。

凌渡宇暗嘆一聲，往回滾去。

「蓬！」

納粹人壓在麻醉槍上。

凌渡宇借腰勁彈起，跳上床上，剛好納粹人撲了過來，凌渡宇一個筋斗，在納粹人頭頂翻了過去，雙拳同時左右重擊中他的雙耳。納粹人慘嘶一聲，弓背後撞，凌渡宇猝不及防，整個人斷線風箏般向後彈走，他剛好背脊向着納粹人，胸口和額頭「砰」一聲撞在艙壁上，鮮血從額角流下。

納粹人雙手掩耳，顯然極度痛苦。

凌渡宇眼光在地下搜尋，赫然發覺那枝麻醉槍竟給納粹人壓至槍管彎曲。

凌渡宇強忍胸與額的痛楚，轉身飆前一拳往納粹人咽喉擊去，他的拳頭突出了中指節骨，若給他擊中，保證喉骨破碎，這是他極少使用的毒辣招數。但他現在已沒法將眼前的「東西」當作一個人去看待。

這一拳才擊出一半，忽地停了下來，那就像電影裏的凝鏡，進行了一半的動作，凝固起來。

納粹人兩眼一明一滅，強大的能量由眼射出，再從凌渡宇的雙目鑽侵進神經。

凌渡宇想移開眼光，竟然辦不到，納粹人的奇異目光緊抓着他的眼光、他的靈魂。

凌渡宇全身麻木，呆子般舉着拳頭。

可怕的邪惡感覺冰水般從他的雙目流進他體內每一條神經，每一條脈絡去。

他心中響起一個巨大的、野獸般的喘息響音，道：「你比他好得多，可惜我第一個遇見的不是你，我已沒有時間再重新學習。」

凌渡宇知道對方是以心靈感應的方式和他交通，一方面收攝心神，以堅強的意志激起精神力量，排斥着對方的侵入，另一方面，卻在心裏想道：「你究竟是誰？」

這個意念才起，便忽然消失得影蹤全無，便像水滴遇上乾涸的吸水綿，一下子被吸個乾淨。

那野獸般邪惡的聲音在他心裏回應道：「你是不會明白的，你雖然比他們更懂得運用自己的真正力量，但還是要借助武器。」

納粹人將中了麻醉針的手指舉起。

那聲音繼續在他心裏道：「這枝針流進我體內的物質，削弱了我的力量，否則你早已死了，我很快會把握你們的一切，再以它們來消滅你們，這地方是我們的。」

凌渡宇打了個寒噤，從他雙目流入的冰冷感覺驀地加強，納粹人同時向他踏進一步，手指張開，向他的拳頭抓去。

凌渡宇那會不知這是生死存亡的一刻，只是苦於全身如墮進冰窖，連眨眼的力量也失去了。

「啊！」

千惠子的叫聲從納粹人的背後傳來。

納粹人顯然呆了一呆，一直凝然不動的眼珠轉動了一下，這是人類的自然反應，他也不能例外。

凌渡宇全身一鬆，接着那冰冷感又再攫抓着他，但這一鬆一緊，已使他發動了精神力量的大反擊。

他閉上眼睛，冰冷的邪力立被截斷。

凌渡宇狂喊一聲，一腳前飛，正中納粹人小腹。

納粹人慘叫一聲，向後仰跌，「轟！」一聲後腦撞正床沿。

凌渡宇向醒來的千惠子喝道：「走！」

同時欺身而上，蹲身撲前，將手屈曲，一肘向跌坐地上的納粹人眉心撞去。

千惠子想爬起來，又跌回床上，多日的昏迷和折磨，加上極度的驚嚇，使她衰弱至連爬起來的力量也沒有。

「砰！」

就在淩渡宇的手肘離納粹人的眉心還有寸許的光景，淩渡宇的小腹已先中了納粹人一下重拳，那力量若山洪暴發，將他整個人拋了開去。

他踉蹌後退，剛好踏正地上一條屍體，失了平衡，往後翻倒，小腹的劇痛，使他倒在地上蝦米般彎曲起來，眼淚亦痛得奪眶而出。

這東西佔據了納粹人的身體，同時發揮出納粹人自己發揮不出的潛藏力量。

千惠子的驚叫刺入他耳內。

淩渡宇勉力睜開眼來，蓋頭一片黑雲壓下，被那東西佔據了的納粹人跳起向他壓來。

淩渡宇想起早前被他壓彎了的麻醉槍，大駭之下一咬牙，向旁滾開。

「蓬！」

納粹人壓在他剛才跌臥之處。

凌渡宇順勢一翻，來到了旋梯的底部，他望往千惠子，正好千惠子亦望向他。

千惠子眼裏充滿驚惶和絕望，有很多話想向他傾訴，可是只能變成悲泣和淚水。

納粹人站了起來。

冰冷的邪惡力量又再充斥底艙裏。

這是活生生的人間地獄。

凌渡宇嘆了一口氣，奮起餘力，走上旋梯。

納粹人怒吼一聲，向他追來。

凌渡宇已到了旋梯頂，忽地往回退下，一腳正中納粹人的臉頰，納粹人慘叫一聲，跌回艙底，不過凌渡宇知道那只能暫阻他一會，他飆離船艙，納粹人的腳步聲已在背後響起，冰冷的感覺從後腦直貫而入，幸好遠比不上從眼流入的淩厲和強大，但淩渡宇的速度已明顯地遲緩下來，納粹人從後逼近。

淩渡宇像是逆風而行，死命掙扎搶出甲板，海風從漆黑的海面吹過來，使他昏昏沉沉的腦袋精神一振。

「砰！」

他背後中了一腳。

幸好他在中腳前向側一扭，化去了對方大半力道，但仍然變作滾地葫蘆，在甲板上打着轉拋跌開去。納粹人緊追而至。

淩渡宇放棄了對抗的決心，乘勢再滾，到了船邊，彈起一按船沿，躍離船面，「噗通」一聲，沉進了水裏，往外潛去。

納粹人仰天狂叫，就像仰天嚎叫的餓狼，但卻不再追進水裏。

他還不太明白水是甚麼東西，他還要學習。

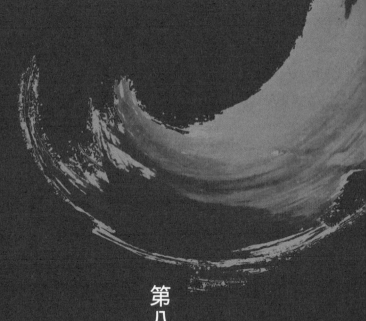

第八章

天魔橫行

凌渡宇爬上稻香號時，已力盡筋疲。

禾田稻香看到滿身傷痕的他，淚水洶湧而出，悲叫道：「發生了甚麼事？我擔心死了。」

凌渡宇死命撐起身體，望往半里外的再生號，見它仍是毫無動靜，鬆了一口氣，道：「將船駛遠一點，只要雷達上看到它便成。」

禾田稻香道：「不用怕！我通知了日本警方，他們的人正在趕來。」

凌渡宇渾身一震，道：「沒有用的！沒有用的，他們要對付的並不是一個罪犯，而是一種前所未有的可怕東西。」接着嗆咳起來。

禾田稻香並不明白他的話，突然將他摟得緊緊地叫道：「我很怕，我從未試過如此害怕，等待你回來的時間就像百年千年地長久，你沒有事的，不要嚇我。」

凌渡宇閉上眼睛，全身乏力，喃喃道：「讓我休息一會，我很快便會沒事了。」他一定要迅快復原，他可能是這世上唯一能與那怪物交手而又幸存的人類。

個半小時後，天色逐漸發白，四艘日本海岸巡邏隊的船艇由東南方高速駛至，顯示了他們對這事件的重視，當然，禾田稻香那大野夫人的身份，是沒有人敢忽視的。

三艘警輪扇形散開，向仍隨水漂浮的再生號圍上去，另一艘泊了上來，兩名日本警官跳到稻香號去。

禾田稻香迎了上去，應付着他們的詢問，另有日警將載着橫山正也屍體的快艇拉了過去。

兩名警官年紀都在三、四十間，一派精明自信的模樣，他們在禾田稻香的陪同下，走上駕駛艙。

凌渡宇盤膝坐在一角，脊直肩張，鼻孔深長地吐納呼吸，他已從深沉的禪坐中覺醒過來，但仍不願張開眼睛，他的傷口已止血結痂，比起一般人，曾受嚴格苦行瑜伽和技擊訓練的凌渡宇，具有更為優勝的復原能力。

禾田稻香憐惜地看着他，除了額上一道血痕外，染滿鮮血的潛水衣換上了T恤牛仔褲，她記起了為他拭淨面上身上血污前他的可怕模樣，那時還以為這動人的男子會就如此死去。

「淩先生！」

淩渡宇眼簾一陣顫動。

「淩先生！關原警官和山之助警官想問你幾句説話。」

淩渡宇張開眼來，禪坐後的閃閃精光嚇了三人一跳，那便像明亮的星光，忽爾走進他的眸子裏。

「淩先生！我是水警部的關原，這是我的同事，山之助警官。」

關原身量較高，官階也是兩人中較高。

淩渡宇深吸一口氣，讓新鮮氧氣大量地湧進肺部去，道：「再生號還在嗎？」

關原警官道：「放心，她逃不掉的，我們與總部的特別通緝科聯絡過，又從國際刑警取得了進一步的資料，大約地了解了整件事，凌先生實在太冒險了，這件事應由我們來處理，否則也不會發展到這田地。」他的語氣中明顯地帶着濃烈的不滿。

另一位叫山之助的警官冷冷道：「凌先生，請你將再生號上的情形告訴我們。」

凌渡宇皺眉道：「船上有一個人和一個東西，人是千惠子小姐，另外的東西表面看去是個德國人的身體，但裏面是甚麼，我卻不知道了。」

關原警官臉色一變道：「這不是開玩笑的時候。」

禾田稻香道：「關原警官！」

關原警官恭身道：「對不起！大野夫人，職責所在，我一定要問清楚。」轉向凌渡宇道：「凌先生可否將登上再生號的情況說一次。」

凌渡宇點頭，簡單扼要地將過程說出來，禾田稻香俏臉的血色不斷減少，關原和山之助兩人雖留心聆聽，但嘴角的冷意表示出他們的不相信。

關原警官冷冷道：「凌先生可能太驚怕了，生出了種種幻想，但無論如何，我們知道了再生號上的情形。」

凌渡宇毫不動氣，道：「你可知為何再生號沒有離開？」

山之助警官插入道：「當然是機器出現了問題。」

凌渡宇搖頭道：「不！那是因為那東西剛佔據了納粹人的身體，還在學習着納粹人腦內積存了數十年的記憶和知識，就像走進了龐大的圖書館裏，還未翻閱到有關駕駛操作再生號的部份，否則他早已走了。」

關原道：「對不起，我不能接受這種説法，回岸後我會為你安排精神科的檢查，但現在救回千惠子是首要之務。」轉向禾田稻香道：「夫人！你們的船請駛遠一點，無論發生何事，也不要駛過來，我們有足夠的能力和設備去應付任何情形。」

在微茫的曙光裏，再生號在海上隨浪飄搖，但駕駛艙和甲板上卻靜悄無人，充滿異乎尋常的詭秘感覺。

四艘警輪團團將再生號圍着，兩艘放在警輪上的橡皮快艇放下到水中去，每艘載着四名特警，迅速地向再生號推進。

稻香號在更遠的地方，凌渡宇與禾田稻香成為了不准接近的旁觀者。最心焦的是凌渡宇，因為他明白日本警方要對付的，不是人力能抗拒的、邪惡又殘酷的生物。

兩艘橡皮快艇無驚無險地分泊在再生號左右舷處，八名穿上避彈衣，頭戴防彈盔的武裝特警敏捷地攀上船去，迅速分散到艙面不同的隱蔽點。

關原警官鬆了一口氣，想不到如此容易控制了大局。最危險的一段時間，就是在往再生號的半途。現在為遇上突襲，這七名特警在幹練的山之助率領下，可以應付任何暴徒的攻擊。

他舉手打出一個手勢，輪上閃亮了黃色的進攻訊號。

山之助這時正在艇上，他伏在進入艙口的門旁，見到訊號，立時向在登上駕駛艙的兩名特警打出往上攻的暗號，只要控制了駕駛艙，便有更大的成功機會。

兩名特警緩緩沿梯而上。

山之助忽地感到一陣煩躁，幾乎想叫出來，當然他不能這樣做，伏在艙門另一邊的警員呻吟了一下，臉色蒼白起來，搖搖欲墜。

山之助正想詢問。

異變已起。

兩聲慘叫從船艙上的駕駛室傳來，短促而悽厲，幾乎不用看已感到是死前的慘叫。

山之助忘記了危險，搶往攀上駕駛室的鋁梯。

關原目睹着整件事的發生，可是仍不能相信看到的一切。

他看到駕駛室的窗落下了厚厚的遮陽布，令人無從知道內裏的情景，室門半掩半閉，使人想到裏面的人剛剛離去，匆忙下沒有關門，隨着波浪的起伏，室門不斷前後移動，隱約窺見駕駛室無人的一角。

兩名受過嚴格訓練的特警，由攀梯敏捷地搶到室門的兩旁，待了數秒的時間，再閃電般由兩旁衝出，兩支手槍揚起，同時撲進室裏。

關原的目光被室壁阻隔了。

沒有槍響。

顯示沒有攻擊，也沒有反擊。

當關原和其他虎視眈眈的人員剛鬆下一口氣，估計室內無人時，慘叫便在室內驚天動地般響起。

其中一名特警打着轉跌出來，臉上血肉模糊，肯定受了一下致命的重擊，他直衝到駕駛室外的圍欄上，跌勢還不止，衝出欄外，「蓬」一聲掉在下層的甲板上，頭掛出了船舷外。

另一名特警再也沒有任何聲色，似乎給駕駛室吞噬了去。

這是沒有可能的，這兩名特警能對任何攻擊作出反應，起碼也不會不濟至連還擊的力量也沒有。剛才淩渡宇的説話重泛上他的心頭，寒意從背脊升起，但他已沒有思想的餘暇了。

再生號船尾打起浪花，開始航行。

遠處的淩渡宇知道不妙，開動機器，全速趕去，想不到在這要命的時刻，那東西已從納粹人的腦袋學曉了操縱再生號的技術。

這時山之助一馬當先，往攀梯爬上去，同僚的死亡，刺激起他死拼的勇氣。

餘下的五名特警，亦利用繩鈎分由不同的方向往高高在上的駕駛室攀上去。

再生號逐漸加速。

關原通過傳訊器指揮着。

兩艘警輪分左右向再生號攔截。

更可怕的事發生了。

關原眼前的景物忽地波浪般顫動和模糊起來，兩眼一陣疼痛，倏忽間所有船聲、浪聲和叫聲退往聽覺外的遠處。

他神志昏沉地往地上蹲下去，耳中只聽到自己深沉的喘氣聲。

「轟！」

一聲巨響將他驚醒過來。

當他回復正常時，整個局面已完全改變。

再生號脱出重圍，往公海逸去，三艘追截的警輪船首撞在一起，着火焚燒起來，濃煙衝上半天，海面上佈滿墮海或蓄意跳海逃生的警員，包括山之助和五名攻上再生號的特警，他自己處身的警輪無目的地在海面打轉，身旁其他同僚茫然抱頭跪地，更有人無從控制地狂嘔起來。

每個人臉上均有尚未平復的震駭神色。

關原目光追攝着已變成一個小點的再生號，那載着大野夫人和那中國人的稻香號正尾隨而去。但他已不能幫上甚麼忙，眼前當務之急是要救墮海的同僚，他甚至有點欣慰有這不用追去的藉口，剛才的景象實在太可怕了。

他全身似冰雪般僵硬和難受。

凌渡宇已預計到會發生事故，卻沒有想到是如此驚人，那東西的邪惡力量增強了不少。

當山之助和五名特警撲上駕駛室時，驀地六人如遭電殛，同一時間倒跌向後，從兩層高的駕駛室外甲板滾跌進海裏。

那種影響波浪般的向外擴散，所有在四艘警輪上嚴陣以待的武裝日警或蹲或跌，沒有一個人能保持平衡。

兩艘追截的警輪，盲目地撞到一起，幸好只是在增速的初期，損毀並不嚴重。不幸的卻是另一艘警輪也在失控中撞了上來，打橫撞正已相撞的其中一艘，立時爆炸起火，火勢迅速蔓延，這才構成致命的打擊。

凌渡宇本欲救人為重，但見日警們在再生號逸出後迅速復原，紛紛跳進海裏，關原的旗艇又安然無恙，立時改變主意，轉向再生號追去。

凌渡宇臉色前所未有地凝重，一向以來，無論在多麼惡劣的環境，他都是談笑用兵，現在臉上卻滿佈陰霾。

禾田稻香俏臉慘白，回頭眺望變成了幾個小點的警輪，四邊大海茫茫，一種孤悽的感覺襲上心頭，顫聲道：「怎麼辦？千惠子在船上。」

凌渡宇默然不語，不知轉着甚麼念頭。

禾田稻香走到一角坐下，渾身軟弱乏力，心中的疲乏氾濫到心外。陽光漫天下的海面波紋蕩漾，可是她感到內外的世界都是無比灰暗。

再生號不斷增速，逐漸消沒在遠方的水平線下。

禾田稻香起立驚呼道：「追失她了。」

凌渡宇道：「沒有！只要她在雷達範圍內，休想逃去。」

禾田稻香審視儀器道：「我們還沒有增至最高速度。」

凌渡宇淡淡道：「可是追上了又能怎樣？」

禾田稻香打個寒戰，是的，追上又能怎樣，那是人力奈何不了的異物。凌渡宇又道：「幸好他儘管有強大的精神力量，但還是個初居人體的新丁，很多地方一定有所不足，現在我就是希望他以為稻香號及不上再生號的速度，所以甩掉了我們，當他這樣想時，我們便有機可乘了。」

禾田稻香聽到凌渡宇冷靜的分析，芳心沒由來地安定下來。

兩個小時後。

「嘟！」

無線電通訊器響起。

禾田稻香道：「讓我來駕駛。」能做點東西，總比胡思亂想好。

凌渡宇按動通話器答道：「稻香號！」

金統的聲音傳來道：「小凌，終於聯絡上你，真要多謝東京衛星通訊站的人，報告你的位置。」

凌渡宇道：「東經一百二十五點五度，北緯二十四點六度半。」

金統怪叫道：「甚麼？你想往台灣去嗎？小心燃油是否足夠。」

凌渡宇道：「放心吧，小弟有足夠的燃油到美國來拜訪你。」聽到老朋友粗豪樂觀的聲音，重若鉛墜的心情輕鬆了一點。

金統道：「聯絡過日本警方，知道了海上發生的可怕事件，現在整件事已上了國際刑警的議事桌。最清楚整件事的前因後果莫如閣下，可否給我們來個簡單的報道，並提出你認為目前最佳的處理方法。記着！我身旁還有十多位有身份有地位的仁兄在聽着你的高見。」

凌渡宇淡然自若道：「前面那一段大家都已知道，恕我不再浪費時間，照我估計，問題發生在橫山正也抵達再生號的一段時間，納粹人身上顯然發生了非常可怕的事，使他殺死了所有人，只留下了千惠子……」他說到這裏，忽地停止了說話，似乎捕捉到某一飄忽難定的靈感。

金統叫道：「小凌！怎麼了？」

凌渡宇無意識地搔搔頭道：「他為甚麼不殺千惠子？」

金統奇道：「當然是為了拿人質在手，使我們投鼠忌器。」

凌渡宇道：「不！首先他有足夠保護自己的力量，不需要人質作盾牌。其次，我的感覺是他應還不明白這類牽涉到人與人間的微妙問題，『人質』是不存在於他的觀念裏。」

金統嘆了一口氣道：「為何你總是與諸如此類的荒誕事情連在一起，若非日本警方的報告，這裏聽你說話的人早走得一乾二淨了，台、日警方均應我們的要求處於最高度戒備下，軍方的戰鬥直升機已準備就緒，不過大家都希望先聽你的意見。」

凌渡宇道：「你一定要留心聽着：不要有任何行動，我重複一次：不要有任何行動。」

金統靜默下來，傳聲器一陣嘈雜的對話，雖聽不清楚內容，但顯然大部份人不同意他的意見。

凌渡宇誠懇地道：「相信我，任何行動只會帶來更多的犧牲，我們對付的是前所未有、一無所知，但卻具有殺人於無形力量的邪惡異物，我們既不知他從哪裏來，有甚麼目的和要達致甚麼目標。但他既和『末日聖戰團』連在一起，便不是無跡可尋了。」

一個陌生的聲音代替了金統道：「凌先生，我是法國情報局的諾威將軍，無論如何危險，可是總不能袖手讓他為所欲為，任由那納粹人帶着個無辜的女孩走，請記着聖戰團手上擁有能製成核彈頭的原料。」

金統插入道：「是的！小凌，總不能甚麼也不做呀。」

凌渡宇笑道：「不是甚麼也不做，我要求你動用所有人手，利用新近得到有關聖戰團的線索，例如費清博士，徹查這恐怖集團的一切，其次，就是大野隆一有何動靜。」

金統道：「聖戰團的事我們一直沒有放鬆過，預計很快有進一步消息，大野隆一到了美國威斯康辛州他的『國際衛星通訊公司』，處理了一些事務，便飛回日本，他的公司是屬於國防監管的企業，我可保證他一個零件也不能轉給聖戰團，你放心好了。」

凌渡宇皺起眉頭，心想事情哪會如此簡單，再問了幾個問題後，和金統約好了暫停行動後，才掛斷了線。

黃昏降臨海上，風浪轉急，幸而再生號慢了下來，朝着菲律賓的方向駛去，航線穩定，似乎並沒想到後有跟蹤者。

吃過晚餐後，晚空飄下微微細雨，兩人躲進駕駛室內，淒風苦雨，別有一番滋味。

禾田稻香秀眉蹙起，臉有憂色。

凌渡宇見到她的樣子，逗她道：「你不是說過會為我拉小提琴嗎？」

禾田稻香搖頭道：「對不起！我忘記了帶小提琴。」

凌渡宇微笑道：「忘記了帶小提琴的演奏家，不要告訴我沒有舞鞋便不能跳舞。」

禾田稻香憂怨地望他一眼道：「沒有舞鞋可以跳舞，但沒有心情卻不能跳舞。」想到千惠子陷身險境，愁腸早絞成一堆。

凌渡宇道：「放心吧！千惠子一定沒有事，我直覺地感到他不會傷害千惠子，這怪物具有心靈傳感的超自然力量，當他以心靈和我對話時，我模糊地感覺到他一些想法，不會傷害千惠子是其中比較清楚和能明白的一個意念，另一個就是有關聖戰團的，唉！可恨我不能更清晰把握他的想法。」他皺眉苦思起來，橫山正也死前曾提到「再生計劃」，那是怎麼一回事？

禾田稻香似懂非懂，不過她對凌渡宇有種不能理解的信任，凌渡宇是那類天生正氣的人，他的言行舉止全是來自真心，毫無偽飾。剛才凌渡宇說的是指奇妙的心靈接觸，當兩個思想體系作超物質的精神交往時，自然地可以直窺對方心裏最主流的意念和想法。

禾田稻香垂頭道：「你剛從再生號回來時的模樣，真是嚇死人了。」

凌渡宇笑道：「我還記得你摟着我時的銷魂滋味，這才明白甚麼是最難消受美人恩。」

禾田稻香俏臉飛起紅霞，像剛剛連盡了兩杯香檳，頭垂得更低了，蚊蚋般的聲音道：「請記着我還未離婚的。」

凌渡宇人雖風流，卻非輕狂之徒，抱歉地道：「對不起，我失言了。」

禾田稻香長身而起，輕移玉步，憑窗外望漆黑一片的海面，幽幽道：「但願我在三年前遇見你，那時我還未結婚。」

凌渡宇心中一陣感動，站起來，走到她背後，一雙手輕按香肩，禾田稻香轉過頭來，兩人的目光鎖在一起。

「嘟！」

無線電訊號傳來。

凌渡宇暗罵一聲。

「喂！大野隆一叫稻香號！稻香，你在那裏嗎？」

凌渡宇輕叫道：「是你未離婚的丈夫。」

禾田稻香幽怨地瞪他一眼，向傳音器道：「我在這裏！」

大野隆一有點氣呼呼地叫道：「你幹甚麼到那裏去，那中國人是誰？你給我解釋清楚。」

禾田稻香平靜地道：「我要救千惠子。」

大野隆一咆哮道：「你能做甚麼？現在弄到這個田地，難道我沒有告訴你我可以令千惠子安全回來嗎？我的女兒難道我不關心嗎？」

凌渡宇向禾田稻香打個手勢，禾田稻香領悟地問道：「你答應了綁匪甚麼要求？」

大野隆一叫道：「我……我……你不要問，我甚麼也沒有做，你立即回來，我坐水上飛機來接你，告訴我你的位置。」

禾田稻香淡淡道：「不用勞煩你了，你便當沒有了我這個人好了。」

她出奇地平靜，只覺另一邊的只是個陌不相識的人，一點感情的聯繫也沒有。她從容地關上對話器。

「嘟！嘟！」

無線電訊再次響起。

禾田稻香氣憤地拿起對話器，叫道：「你再打來我便關了通訊器。」

那邊金統聲音愕然道：「小姐，你會說英語嗎？」

禾田稻香尷尬萬分，將對話器遞給淩渡宇，只恨自己沒能找個地洞鑽進去。

淩渡宇安慰地輕輕拍一下她因頭向下垂而弓起線條優美的後頸，向對話器道：「老朋友，放馬過來。」

金統的聲音既興奮，又似乎有些憂慮地道：「是好消息，也是壞消息。好消息是我們有了更多關於聖戰團的資料，壞消息是這些資料顯示聖戰團有比我們預估中更龐大的力量。」

淩渡宇道：「這一點也不出奇，一直以來我並不相信他們只是批盲目想毀滅世界的狂人，『再生計劃』一定是一套完美的構思，否則也吸引不到像費清博士那樣的學者。」

金統道：「不止費清，還有最少五至六個各方面的專家，包括德國的火箭專家白賴仁博士和英國的冷凍物理學家能恩教授，他們曾和費清有頻密的接觸，而現在都已神秘失蹤，這些人若合在一起幹一件事，那件事必是驚天動地，但究竟甚麼計劃能把他們吸引？」

凌渡宇道：「你有沒有和大野隆一接觸？」

金統道：「我親自盤問過他，但給推得一乾二淨，目前他所有公司均在嚴密監察下，我保證他難以作怪。」

凌渡宇道：「我看其中必有問題。」

金統哂道：「你精通催眠術，何不把他催眠，看看他有甚麼心事。」

凌渡宇苦笑道：「催眠術不是萬能的，有很多限制，若受術者本身意志堅強或是預有防備，又或蓄意抗拒，甚至精神不集中和鬆弛有困難的人，都會不受催眠，否則我豈非可橫行天下。」

金統道：「很少聽你如此謙虛坦誠。」

淩渡宇笑道：「去你的！你剛才說和聖戰團有關的達五、六名專家，其他的人是誰。」

金統道：「都是各方面的專才，他們在過去幾年來，和費清同屬一個叫做『拯救地球小組』的成員，但奇怪地卻從沒有發表任何文章或議論，除了失蹤的兩人外，其他人都在我們監視下，保證插翼難飛。」

淩渡宇哂道：「你太多保證了，小心不能兑現，失蹤了那兩人的家人怎樣？」

金統讚嘆道：「小淩你果然是個人才，剛才我故意不說，就是要考一考你的思考能力，因為這是最關鍵性的問題。」

淩渡宇笑罵道：「不用抬舉我，假若聖戰團確能毀滅世界後再生過來，必然會關注到家人的安全，這是淺而易見的道理。」

金統道：「這幾個拯救地球小組的成員大多數是獨身的人，這或者是聖戰團選擇他們時的一個條件，白賴仁尚有太太，但兩人關係極壞，所以看來白賴仁將他太太也列入了被毀滅的對象也說不定。」頓了一頓又道：「大野隆一的國際衛星生產的只是將火箭送進太空的推進器，與核子彈應扯不上任何關係，就算在高空爆一枚核彈，也難以造成毀滅世界的大禍，何況我們對於他們能否製成核彈，和是否有那種製造核反應的裝備，都抱着極懷疑的態度。且儘管有這樣的能力，在試爆時也會被『國際核能監督協會』查察出來。說實在的，一枚原始簡陋的核彈亦成不了甚麼氣候。」

凌渡宇接口道：「所以他們一定另有把戲，關鍵人物是大野隆一，只要知道綁匪的要求，便可從而測知他們的『再生計劃』。」

金統道：「好了！現在回到那……那甚麼納粹狂人身上，我周圍的人都很不耐煩，台灣警方已應邀派了六艘武裝警輪攔截再生號，他們將在兩小時內迎上向他們駛去的再生號，你看着辦吧。」

凌渡宇的心直往下沉，道：「這是我預計會發生的事，但仍要表示遺憾。好了，對話至此為止，我們保持聯絡。」

禾田稻香看到凌渡宇臉色不妥，柔聲道：「不要動氣，好嗎？」

凌渡宇不禁莞爾，將船速提至極限。

禾田稻香訝道：「你幹甚麼？」

凌渡宇咬牙道：「在台警到來前趕上再生號。」

禾田稻香驀地發呆，對於再生號，她懷有無可比擬的畏懼。

連續第三天的良好天氣，海面上浪靜風平，稻香號破開水面，全速前航，再生號出現在遠方的水平線上。

禾田稻香站在凌渡宇身旁，心中的恐懼似驚濤駭浪般起伏着，她不敢打斷凌渡宇的思路，因為後者正殫精竭慮，設想着擊敗這邪異對手的可行方法。

凌渡宇忽道：「待會我將利用稻香號較高的速度趕上再生號，在兩船擦身而過時，改由你駕船，記着不要停下來，駛得愈遠愈好，無論發生甚麼事，也不要回頭。」

禾田稻香愕然道：「那你做甚麼了？」

凌渡宇淡淡道：「我將學習中世紀時的海盜，跳上對方的船去。」抬頭望往天上，奇道：「是甚麼聲音。」

「軋！軋！軋！」

禾田稻香望向雷達掃描器，叫道：「是飛機。」

凌渡宇跺腳道：「是直升機。」

東南方出現了一個黑點，逐漸擴大。

一架直升機轉瞬飛至，完全不理會凌渡宇揮舞的停止手號，空中一個盤旋，往遠方再生號趕去。

凌渡宇衝回駕駛艙內，神色反而平靜下來，在危機裏動氣是不必要的浪費。

禾田稻香道：「這是怎麼一回事？」

凌渡宇道：「是台灣的空軍，為台警探路和定位，希望她不要飛得太低。」納粹人的力量顯然受到距離的限制。

直升機飛至再生號的上空高處，盤旋起來，距再生號有相當的距離。

凌渡宇鬆了一口氣，暗忖這或者是納粹人所不能及的高度，向禾田稻香道：「設法和直升機取得聯絡。」

禾田稻香恨不得自己能貢獻出一點力量，立即以無線電試圖與直升機取得聯繫。

再生號隨着距離不斷拉近，逐漸在眼前擴大。

凌渡宇左手拿起望遠鏡，忽地全身一震，叫道：「不！」

禾田稻香已拉緊的神經重重地抽搐了一下，幾似彈了起來，順着凌渡宇眼光望去。

直升機驀地升起，似乎要逃去的樣子，顯然機師也看到凌渡宇看到的危險。

一道火光由再生號射出，劃過長空，向升離的直升機追去。火箭。

它迅速越過了再生號和直升機的空間，刺進直升機身內。

「轟！」

直升機在一團火光和煙屑裏，爆作一天殘片，灑落海上。

凌渡宇想起荒島得到葛柏購買軍火名單上的肩托式火箭炮，心中升起一股寒意，這不是因為對武器的驚懼，而是那佔據了納粹人的東西已掌握了武器的運用知識，使他如虎添翼，假設他的目的確是想毀滅人類，再生計劃落到他手上，將變成人類最大的危機，可恨對再生計劃目前仍是一無所知。

「我很快會把握你們的一切，再以它們來消滅你們，這地方是我們的。」

那東西的說話在他心中重溫，在他的心靈中谷應山鳴。

凌渡宇悶哼一聲，關掉了稻香號的引擎，遊艇依然滑翔着向再生號駛去。

禾田稻香軟弱地靠在他身上，凌渡宇不自覺地摟着她的肩頭，心神卻飛往遠處的再生號。

他並沒有失敗。

至少他還沒有被殺死，只要有一口氣在，他便要鬥爭到底。

再生號逐漸遠去、消沒。

東南方傳來馬達的聲音，但他知道台警已「幸運地」遲來一步。

第九章 萬里窮追

一輛由司機駕駛的皇冠房車駛進了大野隆一的豪華公館。

管家拉開車門，向步出車外的禾田稻香道：「大野先生在書房等你和凌先生。」

禾田稻香看來有點勞累，在台灣上岸後便直飛日本東京，甫下機即趕回這裏，柔弱的她又怎吃得消，支撐着的只是她剛強的意志。

凌渡宇依然是那樣的從容瀟灑，恍如來這裏只是作客，而不是面對暴怒的大野隆一，一個列入世界前十名的大企業家，若非禾田稻香表示假設他不接見凌渡宇，她便不回家去，凌渡宇休想可以踏進這華宅半步。

凌渡宇也是迫不得已才見大野隆一，有哪個男人可忍受自己妻子和另一個男人獨處數日數夜？尤其是大野隆一這類日本大男人。

大野隆一臉色陰沉地卓立窗前，陷在背光的昏暗裏，使人想到暴雨來臨前的密雲。

禾田稻香出奇地平靜，待管家關上書房門後，介紹道：「這是凌渡宇先生。」

大野隆一悶哼一聲，動也不動。

淩渡宇坦誠地道：「我……」

大野隆一舉手制止他說下去，道：「我可否先和我夫人單獨說幾句話？」

淩渡宇聳聳肩，強忍着望向禾田稻香的無奈，一言不發地推門走了出去。

「砰！」

門關上，將這對貌不合神已離的夫妻關在寧靜隔離的空間裏。

大野隆一長長嘆了一口氣，向禾田稻香走去。

禾田稻香道：「不要走過來。」

大野隆一無可奈何地停下腳步，又嘆了一口氣，道：「稻香，這些天來為了千惠子，我的脾氣變得很暴躁，說了些不應說的話，希望你能明白。」

禾田稻香冷冷道：「當然明白，多年夫妻，雖然見你的時間遠比不見你的時間少，但還有甚麼不明白？」

大野隆一舉手道：「這不是爭執的時候，千惠子回來後，我們找個地方過一段平靜的日子，好嗎？相信我，一切都會是美好的。」他的聲音提高了不少，顯示他的克制力在減退中。

禾田稻香轉過身去，平靜地道：「你還是不肯面對現實，難道國際刑警向你說的話，一點也不能打動你的心，很多人已經在這事件中犧牲了生命，但你想到的只是你和你的女兒，你有否想過很可怕的事已發生了，外面那位淩先生並不為了甚麼，卻捨命去救你女兒，而你只是為自己着想。」

大野隆一鐵青着臉道：「但我也想到你。」

禾田稻香冷笑道：「想到我的話，就不會有遍佈全世界的情婦了。」

大野隆一像給人當胸擂了一拳，往後退了一步，手按在身後的書桌上，急速地喘了兩口氣，驀地失去控制地狂哮道：「稻香，你是不會明白的，但我真的愛你，當我和另一個女人在床上時，想到的只有你，我希望能用其他女人代替你，使我忘記你，但我做不到，由第一天開始，我便知道你不愛我，直到此時此地此刻。」

禾田稻香霍地轉身，眼中含着淚光道：「當初若不愛你，又怎會嫁給你？」

大野隆一激動地道：「你擁有一些我從來未曾擁有的東西，當我看着你拉小提琴時臉孔閃耀着的光芒，當我看見你忘情地舞蹈時的美妙丰姿，我便嫉妒你，那是我沒法把握的浪漫。我以為當我擁有你時，亦會擁有那一切。但我錯了，我只懂計算，計算甚麼可以給我帶來最大的收益，有時我甚至怕見到你，怕你看穿我堅強的偽裝，我不敢看你的眼，裏面滿載着夢想和靈性，我想將你變成我的同類人。但到了今天，我知道自己已徹底失敗了，縱使能擁有全世界和你的身體，但卻從未曾擁有過你的心。剛才我見到淩先生時，才知道甚麼人能打動你。」

禾田稻香口唇顫動，終於沒有說出話來，大野隆一說得對，她從未對大野隆一有對淩渡宇那種傾心仰慕的感覺，事實上，由出生到今天，只有淩渡宇使她有那種刻骨銘心的感受。

一向以來她都以理性的態度去處理愛情，當她看到橫山正也的本性時，她冷靜地離開。當大野隆一挾着絕頂成功企業家身份，配合着他的識見、成熟和風度向她追求時，她冷靜地接受。她的心神從沒有放在男女之情上，只有藝術的境界才能真正滿足她心靈的要求，直至遇上淩渡宇。

吐出了剛才那一番話，大野隆一反而平靜下來，道：「你想我怎樣做？」

禾田稻香垂下眼簾，靜默了十多秒，往房門走去，她的腳步很慢，緩緩拉開門。

大野隆一目光追蹤着禾田稻香優美修長的身段，直至消失在半開的門後，這生命裏最珍貴的事物，成為了記憶的殘痕。自認識禾田稻香以來，他從未感到和她像剛才那樣地接近，他超越了自尊和私慾，將自己解剖開來，展示從不肯暴露出來的弱點。

但諷刺的是，兩人的關係卻到了曲終人散的時候。

凌渡宇看着禾田稻香推門而出，像要避過大野隆一的目光那樣移往一旁，靠在門旁。

她沒有流淚，卻露出心力交瘁的神態。

凌渡宇向她走過去。

禾田稻香茫然望向他，疲倦地道：「他在等你。」

凌渡宇了解地點頭，越過她，走進書房去。

大野隆一坐在書桌後，神色平靜地讓手道：「凌先生請坐下吧。」

凌渡宇在他對面坐了下來，開門見山地道：「我只想知道聖戰團要求的是甚麼？」

大野隆一想不到他如此直截了當，反而大生好感，收下眼中射出警惕的神色，道：「我是一個商人，素來服膺的只有公平的交易……」

凌渡宇斬釘截鐵地道：「我絕對明白，首先，我保證以救令千金為第一要務，其次，你將絕不會因洩露與綁匪的交易而惹上警方的麻煩，因為我並不是警方的人。」

大野隆一凝望着他，嘆了一口氣道：「我發夢也想不到事情的發展會如此曲折離奇，令人難以置信，但偏偏又是事實。」他仰首望向天花板，呆了半晌才深深地再嘆一口氣道：「這孩子很可憐，十二歲時母親墮樓身亡。」凌渡宇問道：「令千金患的究竟是甚麼病？」

大野隆一眼中掠過憂傷，低沉地道：「那是遺傳的怪病，她母親有嚴重的夢遊，常常失魂落魄地四處亂闖，終於闖出禍來，墮下樓去。千惠子一直很正常，直至數月前才突然發作，醫生也說不出所以然來，似乎是離魂病的一種。」

兩人間一陣沉默。

大野隆一憶起亡妻，凌渡宇卻在思索着千惠子的怪病。千惠子知道自己被囚的地點，會否和這怪病有關？

大野隆一忽地在一張白紙上寫起字來。

凌渡宇不解地望向他。

大野隆一將寫好的紙舉高向着他，上面寫着一大堆文字，地方名和日期。

凌渡宇恍然大悟，不禁佩服聖戰團的周詳計劃。

原來大野隆一紙上寫的是有關國際衛星通訊公司三日後運送一批器材往法國一間發射人造衛星公司的路線和時間表。

這批器材主要是發射衛星火箭的推進器，假若聖戰團要求的是大野隆一將這批器材移交給他們，即使大野隆一同意接受也是有心無力，但只要大野隆一將準確的運送時間和路線告訴他們，再由他們從中劫掠，不但大野隆一不用負上責任，聖戰團亦可取得行動中最大的靈活性。

怪不得大野隆一不肯將綁匪的要求告訴國際刑警，因為這種洩露等同犯罪，大野隆一甚至不敢用口告訴他，怕他身上攜有錄音機，錄下他的說話。

「啪！」

大野隆一擦着了打火機，放到紙的一角下。

寫着最關鍵性資料的紙開始由下角燃燒上去，焦燼的地方捲曲屈上，發出「噼噼啪啪」的輕響。火光將大野隆一的臉照得紅撲撲地，有種說不出的憔悴；一刻前他還決定不說出與聖戰團的秘密交易，這一刻他已毫無保留地說出來。

這在商場戰無不勝的大企業家，忽地感到一無所有的空虛。

熒幕上打出一幅又一幅不同的幻燈片，顯現出不同的人。

當熒幕上出現了個大鬍子時，凌渡宇道：「這個！」

金統停止按掣，讓大鬍子凝定在熒幕上，拿起幻燈機旁的一沓檔案，翻閱起來道：「麥夫博士，四十三歲，人工智能權威，精研電腦機械人，高五呎十一吋，比你矮一吋，體重一百六十五磅，少時因患喉疾故聲音嘶啞，沉默寡言，為『拯救地球小組』成員之一。嘿！這說來也是多餘的，因為剛才放的全是這班混蛋的尊容。」

凌渡宇仔細端詳熒幕上的麥夫博士，微笑道：「這是個最佳的冒充對象，我要有關他的一切資料，包括聲音、走路的姿態、愛好，愈詳盡愈好。」

金統道：「這個絕對不是問題，問題只是這是否可行的方法，為何不直截了當，佈下天羅地網，例如讓聖戰團的人劫去裝載火箭推進器的貨櫃時，打開一看，發覺裏面是整貨櫃的警察，那才是精彩絕倫。」

凌渡宇大力一拍金統寬厚的肩膊，向這粗豪的德國大漢道：「若有更佳的選擇，我哪願深入虎穴去找甚麼虎子？」

金統皺眉道：「但你的困難卻完全是由假設得出來的，首先你要假設那鬼東西佔據了納粹人的身體後，從納粹人的大腦記憶中學曉和知道了一切，包括駕駛遊艇、使用武器，以至乎牙牙學語，知悉了再生計劃是他媽的那一回事。其次，你要假定他的目標和聖戰團毫無二致，於是他『秉承』納粹人的遺志，哈……繼續做納粹人，領導聖戰團去完成再生計劃。這麼多假定，只有一個不行，我們便會好夢成空，而你卻要浪費時間去扮作個患有喉疾的沙聲瘋狂科學怪人，若果他日不能糾正過來，才叫冤枉。」

凌渡宇作了個正是如此的姿勢。

金統氣道：「你究竟有沒有聽到我的説話？照我的方法就是將這群科學狂人抓起來，嚴刑拷打，哪怕他們不從實招來？」

凌渡宇笑道：「你是暴君還是殺人王？有何證據指出他們是聖戰團的人？與費清交往並不能構成罪行。」

金統指着熒幕道：「但若你要扮這大鬍子，我也要把他關起來。」

凌渡宇好整以暇地道：「只要我打一個電話，保證大鬍子有一段時間不會出來拋頭露臉，你需要做的只是不要將我扮的人盲目拘捕便成。」

金統搖頭笑道：「我總說不過你。」

凌渡宇道：「放心吧！納粹人是聖戰團擄劫千惠子的主持者，所以只要火箭推進器真的被劫走，而『拯救地球小組』的其他成員同時前往某一地點，那便代表納粹人繼續進行再生計劃，也表示我的『假設』全部成為事實。」

金統沉吟半晌，道：「推進器的貨櫃，現應正橫渡大西洋赴法途中，只要他們將貨櫃劫走，便有方法找出他們的巢穴。」

凌渡宇道：「我知你在推進器裝了遠距離追蹤器，但請你切勿派人跟蹤他們，因為現在的納粹人擁有驚人的精神力量，很容易便可識破任何追蹤他的人。」

金統臉色一變，望着淩渡宇，道：「這正是問題的所在，假設他有心靈傳感的超自然力量，你如何瞞過他的法眼。」

淩渡宇淡淡道：「請別忘記我也是個有精神力量的人，以有心算無心，這仍是個可以玩的遊戲。」

「鈴……」

電話響起來。

金統拿起電話，一邊聽着，臉上的神色一邊不斷轉變，接着按着聽筒沉聲道：「你的假設變成了事實，貨輪在大西洋亞速爾群島的西北方，遭到兩架直升機和另一隻小型貨輪攔途劫去了裝載推進器的貨櫃。」

淩渡宇雙眉一揚，道：「下一步就是要看大鬍子要到哪裏去了。」

金統的目光轉到熒幕上的麥夫博士影像，他很難想像變成了大鬍子後的淩渡宇，會是如何的一副尊容。

電話響起。

禾田稻香有點緊張地拿起電話，知道她在這所北海道別墅的人只有幾個，而凌渡宇是其中之一。

一個沙啞的聲音傳來道：「稻香。」

禾田稻香嚇了一跳，問道：「誰！」

沙啞聲音變成了凌渡宇的笑聲道：「是我。」

禾田稻香驚喜地叫起來道：「你到了美國後，我以為你再不會和我聯絡。」

凌渡宇道：「怎麼會，拯救千惠子的事有點眉目了，我要立即起程到一個地方去，所以打電話來想你安心，也煩你通知大野先生一聲。」

禾田稻香低聲道：「我已兩個星期沒有和他通電話了。」話才出口，俏臉一熱，這些話是不應該說的，人家根本沒有問。

凌渡宇呆了一呆，道：「我沒有時間了，飛機快要起飛，好好保重，聽說你要在下個月開演奏會，希望屆時我和千惠子也是座上客。」

禾田稻香心湖一陣顫動，低聲道：「凌先生，我的音樂會，永遠為你留下一個座位。」

她輕輕掛斷了電話。

直到這刻，她才感到自己真正地在享受着愛和希望高燃的生命。

直到這刻，才不負此生！

第十章
再生計劃

飛機降落在澳洲北部的昆士蘭機場。

麥夫博士提着輕便的行李，以他獨有側向右邊的步行姿態，一步一步走往機場的租車處。

一名青年迎了上來，滿臉笑容地道：「先生！要不要可翻山越嶺的吉普車。」

麥夫以他沙啞的聲音道：「那地方很遠的。」

青年認真地道：「沒問題，甚麼地方我也去。」

麥夫原先怕因地方太遠，沒有車肯載他去，惟有自租車子，現下既有人送上門來，免去自己人生路不熟之苦，何樂而不為，道：「卡木威爾你肯去嗎？」

青年爽快地道：「當然肯去。」

吉普車在路上風馳電掣。

麥夫閉目養神，心中卻禁不住興奮萬分，離開計劃成功的日子愈來愈接近了。

青年道：「先生！我很熟悉卡木威爾這個沙漠的邊區地方，你要到哪裏去？」

麥夫隨口應道：「我要到卡木威爾北面巴克利高原的創世農場，對不起！我要休息一會。」

車子繼續行程，穿過雨林，在滿佈泥濘的道路上顛簸而行，麥夫不禁慶幸自己坐上了這輛吉普車。

車子忽地停下。

麥夫愕然張開眼來，叫道：「甚麼事？」

青年扭過堆起了笑容的臉，恭敬地道：「對不起！有位朋友想坐順風車。」

麥夫怒道：「這怎麼可以……」

車門拉開，一個人探頭進來。

麥夫勃然大怒，向來人望去，驀地驚愕得張大了口。

他見到了自己。

一個和他一模一樣的人正要擠進車裏，接着左肩一痛，他下意識望向痛處，痛處露出一截針尾。

他想叫，發覺舌頭不聽使喚，所有聲音退隱遠方，意識逐漸模糊，知覺消失。

看着昏去了的麥夫博士，扮成他的凌渡宇笑道：「朋友！希望你能在監獄裏獲得再生的機會。」

駕車的青年奇道：「咦！龍鷹，怎麼我看不到你發射麻醉針的呢。」

凌渡宇舉起右手前臂道：「你看，這條肌肉是假的，只要我將手臂彎曲前壓，麻醉針就可以射出，好了，一切依照計劃進行吧！」

氾濫的河水溢出了路面，地勢較低的部份積滿了水，吉普車衝過時濺起滿天水花，在烈日下現出一道道短暫但美麗的彩虹。

七個小時的車程後，凌渡宇來到這個荒蕪的沙漠邊緣地帶。對上一個有人煙的小農村，已是三個小時前的事了。這個在南半球的大島嶼，有種與世隔絕的寧靜。

兩旁雨林內的草地上，一個個呈圓形高起的泥阜，代表着一個個螞蟻的王國，人間的鬥爭和險惡，一點也不能侵進他們的國度裏，可是若是人類文明進一步擴張，牠們始終會成為犧牲者。人是不容許其他生命擁有牠們的邊界。

路上一個指示牌將凌渡宇飛馳到了某方的心神扯回現實裏，那牌豎立在一條斜上的支路入口處，寫着：「創世農場，謝絕訪客」兩行字，諷刺的是這條支路比原本那條主道還要寬闊。

吉普車駛了進去，不一會眼前豁然開朗，現出一幅廣闊的谷地，四面群山環繞，谷地上疏落地散佈着巨大的貨倉、穀倉、房舍、水塔，以百計的牛羊隨處吃草，嬉逐覓食的袋鼠都轉過頭來，警覺地看着他這侵入者。

凌渡宇在閘門前停了下來，門旁的鐵絲網向兩邊伸延。

一個澳洲地道樸實農夫模樣的中年漢，打開閘門迎上來道：「麥夫博士，還認得我嗎？不見你最少大半年了。」

凌渡宇放下了一半的擔憂，以麥夫式的沙啞聲音咕噥了一聲，道：「人到齊了嗎？」這句話既表現了麥夫沉默寡言的作風，也避過了要認出對方是誰的尷尬，更可順便探聽一下他要獲知的情況。

那人道：「你是最後一個了，希望計劃能如期進行。」毫不懷疑地拉開大閘。

凌渡宇的吉普車直駛進去，偌大的農場，看去卻空無一人，不禁暗暗叫苦，自己的車應駛到哪裏去呢？真的麥夫博士或者會知道，可他卻是冒牌貨。

猶豫之間，左方數百碼外的大貨倉，有人推門出來，隔遠便向他揮手叫道：「電腦狂人，終於來了嗎？」語氣中透着多年老朋友的親切。

凌渡宇一顆忐忑的心更提了起來，應付對麥夫的深交一個不小心，便會露出破綻，何況他可能連對方是誰，叫甚麼名字也不知道。但目下勢成騎虎，惟有硬着頭皮將車駛過去。

車子在那人身旁停下，看清那人的模樣後，凌渡宇幾乎歡呼起來，肥胖的體形，笑嘻嘻的圓臉掛着像隨時會掉下來的金絲眼鏡，正是家有惡妻、失蹤了的火箭專家，白賴仁博士。

凌渡宇瞪着以隱形鏡片改變了顏色的眼珠，模倣着從錄影帶學來麥夫對朋友打招呼的方法，喉嚨處咕噥一聲，卻沒有説話。

白賴仁坐上了他旁邊的座位，興奮地道：「來！先帶你去見頭兒，還不開車？」

凌渡宇暗暗叫救命，車究竟要開到哪裏去？天才曉得，卻不是他。

車子發動。

凌渡宇人急智生，沙啞着聲音，以麥夫帶着濃重愛爾蘭口音的英語道：「頭兒怎樣了？」

白賴仁毫不懷疑地道：「頭兒雖取得了推動器，卻因給警方殺了幾位兄弟姊妹，人也變了很多。」當他說頭兒時，很自然向遠處一座高起三十呎多的水塔望去。

凌渡宇心中暗喜，驅車向水塔進發。

白賴仁似乎習慣了他的十問九不應，滔滔不絕地說着他如何排除萬難，成功為「再生火箭」安裝了劫來的推進器，又如何將燃料提煉改良，凌渡宇一字不漏地收進耳裏，但始終把握不到再生計劃是怎麼一回事。

兩人在水塔前下車。

凌渡宇學着麥夫的走路姿態，隨着白賴仁進入水塔裏。

水塔底是個圓形的空間，乍看上去，完全沒有任何通道，但凌渡宇卻看到最少兩架隱藏得很巧妙的閉路電視攝像機，從不同角度對着他們。

「隆隆！」

兩呎直徑的圓形地面，向下降去，露出一道往下伸延的旋梯，兩人步下旋梯，十多級便到了另一個二百來呎的空間，這並未到底部，因為這只是一個升降機的入口，凌渡宇暗暗咋舌，如此的規模，需要多少人力物力？

白賴仁按掣使升降機上來的手勢很特別，是快速地連按三下，鬆開了手，再長按下去。凌渡宇暗暗記下，聖戰團必然有她一套的保安方法，一個不小心，便會暴露身份。

沒有任何燈號顯示下面尚有多少層，但升降機的聲響持續了一段時間，仍未見上來，可以估計設施是設在地底的深處。這當然不是唯一的入口，但卻是往見納粹人的當然通道。

白賴仁道：「時間過得真快，再上一次來這裏是五年前的事了，轉眼便到了再生火箭發射的時刻。我時常在想，我們是否傻瓜？竟要世界末日提早來臨。」說到最後這笑臉常開的火箭專家收起笑容，語調唏噓。

凌渡宇一陣難過，這人橫看豎看也不像壞蛋或狂人，是甚麼迫他走上這條道路，令他放棄已得到的成功和榮譽？心是這麼想，口卻應道：「還有更好的事可以做嗎？」

「咔！」

升降機門打了開來，白賴仁帶頭先進，同時點頭道：「是的，我們已沒有選擇的餘地了，為了人類的將來……為了人類的將來……」

升降機往下落去，下降了約五十至六十呎的距離，升降機停了下來，門往兩旁縮入，一道長長的走廊出現眼前。

凌渡宇想待白賴仁先行，可是白賴仁卻動也不動，還奇怪地望向他。

凌渡宇知道不妥，先發制人問道：「能恩那傢伙在哪裏？」

白賴仁恍然道：「啊！那專和你鬥嘴的老朋友，他正在冷庫作例行檢查，這謹慎的傢伙每天不查上他一百次，又怎能睡覺，待會你見完頭兒，來找我們喝杯咖啡吧。」

凌渡宇叫一聲苦，盡最後努力道：「你不和我一同去嗎？」沒有他帶着，這鬼地方確是寸步難行，那冷庫也不知在甚麼地方。

白賴仁搖頭道：「免了！近來我很怕見到他，那對眼像會看穿人的心那樣。快去吧！他定等得不耐煩了，每個到來的人他都急着要見上一面。」

凌渡宇硬着頭皮步出升降機外，他待機門關上，肯定升降機往下落去，心中稍安，雖不知下面還有多少層，至少冷庫毫無疑問是在下面。來這裏不到半個小時，但已知道了很多事，如再生火箭即將發射；冷庫的存在；那佔據了納粹人的東西正冒充納粹人，現在還要去面對他。只要給他揭穿身份，逃走的機會幾乎是不存在的。

他的腳步聲在空曠的廊道激盪着，盡處是一道鋼門，沒有任何門鎖，凌渡宇站在門前，幾乎不自覺地要用手搔頭。

一把女聲響起道：「請報上姓名和編號。」

凌渡宇知道猶豫不得，道：「麥夫博士，還未有編號。」不是未有編號，而是根本不知道是甚麼編號，惟有博他一博，希望新來者尚未配得號碼也說不定。

女聲欣悅地道：「噢！原來是你，頭兒在等你呢，一定有人告訴了你舊的編號取消了，你的新編號是三百五十八號，最後一個了。」

押對了這一着，凌渡宇抹了一額汗。改變編號可能是保安措施，反而救了他一命，看來麥夫在這裏人緣不錯，自己叨了他的蔭庇。

門打了開來，凌渡宇走進去，另一道門再打開來，嘈吵的人聲潮水般湧出來，凌渡宇猝不及防，呆了一呆，才走出門外。

雖說他早有準備，入目的景象，仍使他愕然。

門外是個佔地近二千呎的龐大控制中心，數十名男女在忙碌地工作着，各式各樣的儀器，媲美任何太空中心。控制中心另一邊是落地玻璃，玻璃外是個更深下的廣闊空間，一枚火箭昂然豎立，近百名穿着工作制服的人員在沿着火箭築起的鋼架上，為火箭作最後裝配。

剛才的女聲在耳側響起道：「美麗嗎？那將給人類帶來新的將來。」

凌渡宇收回瞪視在發射台威風凜凜的火箭的目光，向一旁望去，迎上金髮女子興奮得發亮的俏臉，她坐在一台電視後，控制着他進來的入口，顯出聖戰團高度的組織能力。

凌渡宇裝作興奮地點頭。

女郎用手指尖點了點控制室左端的一道門道：「頭兒在等你。」

凌渡宇多謝一聲，橫過控制室，往納粹人的房間走去，沿途不斷有人向他打招呼，他裝作認識地回應着。

終於到了房門前。

他毫不停留地在房門上敲了三下後，停一停，再敲一下，他不知白賴仁按掣的手法是否用得着在這地方，不過無礙一試。

低沉的男聲道：「進來吧，麥夫博士。」

凌渡宇推門進去，恰好迎上納粹人閃電般的目光，冰冷的能量流透進他的腦神經內，凌渡宇將心神完全開放，同時強烈地以麥夫的身份將剛才看到再生火箭的影像重現在腦海裏，心中湧起對人類美麗將來的歡悅和憧憬，又想到電腦裏的線路結構。

冰冷的感覺消去。

納粹人堆起笑容道：「坐。」

凌渡宇知道過了最危險的一關，那東西雖佔據了納粹人，但亦反過來受到納粹人人類缺點的影響，例如現在自以為是的沒有提防他。假設他的探查再深入一點，凌渡宇一定無所遁形。

他在納粹人面前坐下，他已取得了對方的初步信任。

納粹人望向他道：「你的工作很好，那些改良了的設計令整個計劃踏上成功之途，可說如果沒有你，火箭就不能在後天發射。」

凌渡宇連心跳也不敢，腦中盡量營造對再生計劃的興奮，以沙啞的麥夫式聲音道：「我很高興，我們的夢想快要實現了。」

納粹人點頭道：「這計劃由我一手建立，到現在已二十五年了，我的一生就放在這上面，幸好心血總算沒有白費，唯一缺憾是費清、艾莎和橫山他們不能參與。」

凌渡宇強迫自己腦中一片空白，不去想他們。諷刺的是兩人各懷鬼胎，凌渡宇要對方相信他是麥夫，對方又何嘗不在設法使凌渡宇相信他是納粹人。

辦公室右邊和控制室一樣，可透過落地玻璃觀看裝在發射台的火箭，火箭頂部還差十多呎才到鋼架做的巨型大天窗，凌渡宇憑位置估計應是剛才白賴仁走出來的巨大貨倉。

納粹人也在欣賞着玻璃外火箭周圍的繁忙活動，工作人員以機械臂為火箭的外圍包上防熱設備。

納粹人道：「這確是人類偉大的構想。」

凌渡宇強迫自己不去思想，腦海忠實地反映眼所見耳所聞，因為只要他腦中有任何異常活動，便可能惹起納粹人內那東西的警覺。

有個人走到玻璃下，向納粹人揮手示意。

納粹人打了個知道的手勢，長身而起，向凌渡宇道：「麥夫博士，他們有事找我，你那部份的工作已完成，好好休息一下吧。」

凌渡宇壓下感到輕鬆的衝動，喉嚨咕噥應了一聲，尾隨着納粹人步出辦公室，他故意借關門落後了幾步，眼看納粹人逐漸去遠，驀地橫裏一個人撞了過來，一把抱着他的肩頭，叫道：「還捉不着你這個混進來的奸細。」

凌渡宇魂飛魄散，向來人望去。

花白的頭髮，端正的儀容，正是「拯救地球小組」的另一成員查理博士，看情形只是老朋友開玩笑。

一股冰冷的能量刺入他的神經去，他驚惶的腦電波惹起了「他」的反應。

凌渡宇不敢迎上納粹人回望的目光，在腦中想像出將查理從艇上推落海中的情景，同時一把反摟查理，叫道：「推你落海也不用這樣耿耿於懷。」

納粹人眼中露出釋然的神色，逕自去了。

反而查理呆了一呆道：「甚麼？甚麼推……」

凌渡宇不讓他說下去：「來！陪我到冷庫去。」心中卻在抱歉匆忙下不能想個比推人下海更令納粹人信服自己驚惶的原因，說到底，那東西做人時日尚短，所以毫不懷疑。

查理將他往一角推去，在他耳邊笑道：「有個人想見你，豈可過門而不入？」硬把他推往控制室另一角一間房裏，拉開門，將他塞了進去。

裏面足有四百多方呎，裝滿了各式各樣的儀器和電腦設備，應是控制室內最重要的電腦控制中心。

一位身材健美高大的女子，背着他望着熒幕上的讀數。

凌渡宇暗暗叫苦，這女子分明和麥夫有不尋常的關係，問題是自己連她叫甚麼名字也不知道。

女子沒有轉頭，呼吸卻急速起來，當然是因他這「麥夫」的來臨而情緒波動。

凌渡宇想掉頭便走，可是卻萬萬不能如此。

女子嘆了一口氣道：「沒有了你，這電腦中心總是冷清清的。」

凌渡宇含糊地咕噥一聲。

女子轉過頭來，凝視着他，瞳孔閃着放大後的亮光，她算不上很美，年紀在三十五六間，但皮膚很嫩滑，臉上輪廓分明，別具一種剛健動人的風韻，成熟性感。

她攤開雙手，道：「還惱我嗎？事情發生太突然了，我一時間接受不來，你也知道我曾受過婚姻的嚴重挫折，雖說你的工作在外面做比較方便，但我知道你是故意避開我的，我一直崇拜你，尊敬你，做你的助手令我學到了很多東西……」頓了一頓，聲音轉弱，輕輕道：「你走了後，我才知道我愛上了你，肯定比你愛我還深。」最後一句含蘊着無限的怨懟。

凌渡宇大為感動，通常一般飽經世情的男女，輕易不會動真情，但假若那發生時，便會像山洪暴發般至不可收拾，激越而持久。

這番話亦使他大致上明白了麥夫和她之間的關係，麥夫和她同在這電腦中心工作，麥夫一天向她示愛，被拒後藉詞離開，變成今天這局面。

可恨他連她的名字也不知道。

他沙啞着聲音道：「後天便是火箭升空的大日子，我……」

他原本想說，現在已沒時間也不適合談情說愛，豈知她直衝進他懷裏，兩手纏上他的頸項，死命擠向他，喘道：「麥，我怕，不知為甚麼，自從頭兒回來後，我時常都有不祥的預感，像大禍臨頭的樣子，所以我才一定要向你說。」

凌渡宇知道女性很多時都有特別靈敏的觸覺，所以她這樣說毫不出奇，想到這裏，心中一動道：「為何你會這樣想？」

那女子微喟道：「我不知道，頭兒回來後陰沉了很多，思慮卻更縝密，很多以前我們看不到的問題，都給他指出來，連你設計的程序，也作了改動。」

凌渡宇嗅着她的髮香，打蛇隨棍上道：「甚麼改動？」

女子略略離開他，愛憐地細看凌渡宇的眼睛，嘆道：「我從來不敢細看你的眼，你的眼真是可愛。」

凌渡宇啼笑皆非，浸在愛河的女性是難以捉摸的，道：「先告訴我改動了甚麼。」

女子的頭再埋在他頸側處，輕聲道：「我們原本的計劃是火箭升空時，我們全躲進冷庫去，一切由你設計的電腦程序控制，火箭爆炸時，會傳回一個訊號，使冷庫進行冷凍和關閉的運作，但頭兒卻要加裝一個人手遙控火箭爆炸的裝置，他說這將可避免機械上的錯誤，因為火箭爆炸的地方若不適合，整個計劃將變成沒有意義的惡作劇。你看，就是那個紅色的按鈕。」她眼光射向控制儀上的紅色特大的按鈕。

凌渡宇的腦細胞立時陷進頻繁的活動裏，為何火箭一定要在某地方爆炸？冷庫如何運作？為何要關閉？一大串問題塞進了腦內。如果要對付的不是納粹人，只是這按鈕便可毀掉再生火箭。

女子輕輕推開他，閃動着訝異光芒的眼睛盯着他。

凌渡宇大感不妥，又不知問題出在何處。

女子不能置信地道：「他改了你的程序，怎麼你一點反應也沒有？一向以來，你最恨人未經同意便竄改你的東西。」

凌渡宇心想我怎知麥夫恨這恨那，眼中迫出溫柔的神色，深情地道：「假若有人在我進這房前告訴我，我一定大發雷霆，但現在我已擁有了全世界，其他一切都無關重要——」

女子嚶嚀一聲，全身感動得輕抖起來，仰臉喘着氣道：「求求你，麥，吻我。」

凌渡宇心內苦笑，墮在愛河的女子，是絕沒有分辨謊言的能力，嘴唇卻不敢遲疑，封了上去。

女子全身顫震，喘息呻吟，嬌軀不斷扭動，摟着凌渡宇頸項的手，像要把自己溶入凌渡宇體內。

良久。

兩人分了開來。

女子雙目罩了一層汪汪水氣，嬌喘細細道：「你真好！比我夢中的還好。」忽地湊在他耳邊道：「今晚在上次你向我求愛那地方見，我全是你的，有人來了。」不捨地離了他的懷抱。

「啪啪啪！」

查理推門探頭進來，叫道：「喂！白賴仁叫你到冷庫去。」短短一句話，卻眨了眼睛三、四次，叫人好氣又好笑。

凌渡宇回望那女子，只見她走回座位裏，低着頭，但仍可看到她耳根紅霞纏繞，唉！天才知道「他」上次向她求愛的地方在哪裏，不過剛才的消魂滋味的確令人心動。

查理怪笑道：「捨不得走嗎？」

凌渡宇咕噥一聲，隨他走出控制室，穿過長廊，進入升降機裏，再往下落去，下降了二十呎許停了下來，加上剛才往控制室那五十呎許的深度，已深入地底達七十呎深，這樣的深度，足可避過核爆的輻射，難道他們真的想爆一枚核彈？但製造核彈必需核子反應堆的設備，直到這刻，他也感覺和看不到這種設施存在的可能性。控制室和火箭台工作的人員也沒有穿上任何處理核子設備時的防禦衣物。

假設他要對付的只是聖戰團，簡單得很，只要發出一個訊號，大批警察將迅速掩至，將這群大哥大姐一網成擒，可是他不能這樣做。

關鍵是佔據了納粹人的那東西。

他的力量不單止能令警方全軍覆沒，若給他逃闖入茫茫人海裏，矢志毀滅人類，那可怖的後果是他想也不敢想的。

這些念頭電光石火般掠過心頭。

門打了開來，另一條長長的廊道由機門筆直伸展，足有十來碼遠，才是一道鐵門。

查理一馬當先，來到門前，在門旁一個電子儀器按了一組數字。

「隆隆隆！」

厚達兩呎的鋼門打了開來。

一個小空間外是另一道門。

凌渡宇細心留意牆的結構，心中咋舌，牆壁的厚度足有六呎，可以推測出是以特別的超強力混凝土和加強鋼筋建造，堪可稱為逃避核彈的地下堡壘。假若它是根據國際的避核室標準，整個建築應設立在一個滾珠軸承系統上，可抵受達致三十吋的震幅，儘管核彈在室頂地面上爆炸，所產生驚人的衝擊波也不能使它有絲毫破損。

只是這冷庫便是數億美元、施工經年的巨構，難怪聖戰團要以擄人勒索的方式籌款。而根據空氣的清新度，當有特別加工和完善的通氣管和濾氣裝置，使化學和生物劑也不能侵入這深藏地下的避難所。

唯一剩下的問題，是電源從哪裏來？

龐大的耗電量將會使政府起疑，一般的發電設備未必能供應如此大的消耗，而且也不是長久之計。

查理一扭手把，輕易推開另一道門。

凌渡宇一看下發起呆來，幾乎忘了跟進去。

那是一個龐大的呈圓形的地下倉庫，中心處有個高起的控制台，佈滿了各式各樣的精密儀器，指示計讀數表數以百計，令人眼花繚亂。以控制台為中心有一座座長十呎寬五呎高四呎的金屬盒子，整齊排列成由小至大一個又一個圓圈，做成一種奇異詭秘的氣氛。

凌渡宇明白了，所謂冷庫就是一個可令人類進入「人造冬眠」的冷凍庫房。

冷凍延生是最尖端的科技，當生命降至攝氏零下一百九十六度至零下二百七十三點五度（絕對零度）內的低溫，不管經過多少年月，生命也會安然無恙。

白賴仁和另一位身材高大的中年人在控制台向兩人招手，喚他們過去。兩人穿過一座又一座的冷凍箱，登上控制台，白賴仁笑向他身旁那人道：「喂！你的老朋友到了。」

那人瞪凌渡宇一眼，冷冷道：「我以為你中途退出，不來了。」

凌渡宇認出這是能恩博士，拯救地球小組另一成員，冷凍物理學家，白賴仁說過「自己」最愛和他鬥嘴，眼下自不能謙讓，道：「本來也想退出了，不過想起要負起防止你退出的責任，還是到了這裏來。」

眾人笑了起來。

能恩滿溢着老朋友小別重逢的歡娛，笑罵道：「這傢伙是否見過南茜，像啄木鳥般既牙尖又嘴利，還不過去看看你那個穴位，我安排了你在南茜身邊，讓你們成雙成對，另一邊本來沒人，現在特別加了個美女給你，讓你享盡艷福。」

凌渡宇心中苦笑，看來麥夫追求南茜的事天下皆知，不過總算知道愛人的芳名，至於新加的美女是誰，難道是千惠子。

他正想仔細看看這裏的設備，道：「在哪裏？」

白賴仁最是熱心，叫道：「讓我帶路。」當先步落控制台，往遠離正門的一端走去。

其他三人隨他走去。

凌渡宇巧妙地問道：「電力的問題解決了沒有？」

能恩不虞有他，答道：「利用地下河流的發電設備足可供應有餘，而好處是可保電源長久不變，否則整個計劃休想進行下去。」

凌渡宇暗忖，這或者是唯一的解決方法，地下發電廠，足可容整個聖戰團冬眠的地下冷凍庫。難道他們真有毀滅世界的力量？現在還剩下這個疑團，也是再生計劃最關鍵性的地方，若不能把握，他挽救人類的大計亦會功敗垂成。

他邊走邊道：「我還有點擔心輻射的問題。」這句話可圓可扁，模稜兩可，是個釣人說話的魚鈎。

查理怪叫道：「擔心？太陽的輻射和熱力不到一個小時便可令整個地球的氣溫上升數十度，三日內地球便沒有能直着走動的人。」跟着又嘆了一口氣道：「唉！這也是迫不得已，若任由文明這樣發展下去，將來漫長的災難將使人類陷於痛苦的深淵，我們表面上像做一件大惡事，但實際上卻是使已踏足絕路的文明重新走上光明的大道。」

凌渡宇心神俱震，雖然他仍不明白他們如何能做到，但再生計劃牽涉的一定是和地球的大氣層有關，升空的火箭加上死去的費清博士這大氣專家，若還不能使他想到這點，真辜負了他的智慧。

他縱目四顧，發覺這冷庫並不止於這放了近四百個冷凍箱的空間，圓圓的庫壁平均地分佈着約三十多道門，像是一些較小的冷藏庫，他聰明地以聊天的口氣道：「能恩！東西儲存的情況如何？」

能恩在他右後側處，眼一瞪道：「你是否患了失憶症，半年前我已將挑選出來不同品種的動物冷藏在庫內，餘下的十多個冷倉塞滿了食物，足夠你連續飽食一百年。」

白賴仁這時來到最外圍的一簇冷凍箱，敲一敲箱蓋的透明玻璃罩叫道：「電腦狂人，看看你要躺三百年的窩。」

凌渡宇走了過去，看到箱旁有個「三百五十八」的編號，暗忖原來編號還有這個用途。口中應道：「三百年是否真的足夠。」

查理插入道：「這是費清認為非常保守的估計，連鎖反應將在數十小時內將大氣裏整個『臭氧層』毀滅，沒有了過濾太陽輻射和太陽風的保護氣層，將引起激烈的生態大災難，脆弱的人類將像恐龍般被開除球籍，只有頑強的細小動物、部份植物和受海水保護的生物能繼續生存下去，整個過程將在數月至一年時間完成，然後海洋的植物會重新生產臭氧，開始再生的過程，大約兩百年時間，大氣臭氧的含量將回復三十年前的水平。三百年是非常安全的長時間了，唉！可惜老費已不能生見此事。」

眾人一陣唏噓。

凌渡宇聽得頭皮發麻，他終於明白了整個再生計劃。

末日聖戰團是由痛心地球飽受污染、生態破壞的極端分子和科學家組成，他們想出了一個驚天動地的計劃，就是要使整個臭氧層在非常短的時間在連鎖的化學反應下，徹底消失，於是地球將發生前所未有的生態大災難，一向躭於逸樂的人類將在無法適應急變下徹底毀滅，人類文明破壞大自然的行動亦告終止，於是百萬年前產生臭氧的過程將重新開始，地球將像經歷火劫的鳳凰，再生過來。

火箭攜帶的不是核彈頭，而是能產生毀掉臭氧層連鎖反應的化學物質，他雖然不知道那是甚麼，但肯定不是一向以來破壞臭氧的氯氟化碳，因為導致臭氧保護層出現空洞的氯氟化碳（CFC-11 和 CFC-12）並不能如此快速去破壞臭氧。聖戰團用的化學物，極可能與法國失去的核原料有關。

當人類滅絕時，聖戰團的成員和他們揀選的生物，便從沉睡了三百年的地下冷藏庫走出來，建立沒有污染、沒有破壞生態的新一代人類文明。

他們既是舊文明的毀滅者，也是新文明的創造者。

但佔據了納粹人的那東西為何要促成這驚天動地的再生計劃？他卻無法明白。

查理的聲音傳進他耳內道：「電腦狂人受到愛情的滋潤，連說話也多了。」

眾人笑起來。

凌渡宇想起能恩適才提到的美女，於是移往編着三百六十九號的冷凍箱，往內望去，心臟不由急劇跳動了幾下。

臉色蒼白的千惠子躺在箱內，胸口有起有伏，只是昏迷過去。

凌渡宇顧不得對方奇怪一向沉默寡言的「他」為何如此多問題，道：「她是誰?為何要把她冷凍?」

能恩搭着他膊頭，嘲弄道：「電腦你或可稱王，冷凍學上你只是個無知小兒，這位小姐只是被注射了睡眠劑，冷凍嗎?待再生計劃開始吧，那時不只是她，所有人都要躺他三百年，才會甦醒過來呢。」

白賴仁道：「這是那日本大富豪的千金，我也不明白頭兒為何要帶她回來，還讓她加入再生計劃，要知道我們這裏每一個人都是自願的，獨有她是例外。」

查理輕聲道：「我看敢情是頭兒愛上了她，否則為何一天內最少下來看她幾次，每次來總透過玻璃凝視她，有次足足看了整小時。」

凌渡宇心中一動，正要細思箇中因由，一股能量的感覺襲來，不禁凜然。

白賴仁低呼道：「他來了。」

凌渡宇不敢怠慢，讓腦袋千思百緒溜走無蹤，空白一片。

腳步聲自入口處響起。

眾人談興大減，他們對那東西佔據了的納粹人有種發自潛意識的恐懼。

納粹人走了過來，警覺地望向圍着千惠子的眾人，沉聲道：「你們幹甚麼？」

查理道：「讓老麥參觀一下他的安樂窩。」

納粹人點點頭，逕自來到千惠子的冷凍箱前，直望進去。

凌渡宇腦中空白一片，不敢想，甚至不敢有任何情緒，對於控制自己的腦袋，他絕對是專家裏的專家。

白賴仁道：「來！我們去喝杯咖啡。」

眾人都有點怕納粹人，一齊點頭答應。

凌渡宇正要當先「逃走」，忽地腦中一亮，現出了一幅圖畫。

那是個非常奇怪和難以形容的地方。

龐大若十多個聖彼德大殿加起來的大空間裏，佈滿了縱橫交錯的奇異儀器，空間的內壁是由一種銀光閃閃的物質造成，上下前後左右均有銀幕般大的窗戶，窗戶外是漆黑的太空，無數的星系、星雲棋佈在深無盡極的虛空裏。

在這空間裏有數以百計的奇異生物，他們沒有一定的形體，像變形蟲地擴張和縮小，但透明的體內卻可見難以名狀的器官。

他們時快時慢地在這奇異的空間內飄浮。

在這空間的正中，一個個太陽般的激芒交替移動着。

凌渡宇「定神」內視，只見這些激芒是有目標的，每一次移動都是往在這室間正中心一個人形的光體襲去。

光體逐漸現形。

原來竟是千惠子。

那不是有血有肉的千惠子，只是一個千惠子的光像幻影，仙子般地超凡脫俗。

「喂！還不來，過兩天你便可以躺他數百年了，咖啡卻只有現在能喝。」

凌渡宇強忍着心中的震駭，走肉行屍般跟眾人步出冷庫外。

直至鋼門關上，他才敢開始思索。

剛才他的腦神經像鏡子般反映了納粹人腦海中的圖像，感應到那東西的記憶，使他猛然明白到千惠子和「他」之間定有微妙的聯繫，甚至他之能來到這世界，也是與此有關。

那空間應是一艘龐大無匹的飛船內部。
但為何千惠子的影像會在那裏出現？
究竟是怎麼一回事？

第十一章
域外天魔

夜幕低垂。

創世農場像隔離人世的桃源，寧靜和平，任誰也想不到一天後人類文明將因這地方發射的一枚火箭而毀滅。

大部份人已進入了夢鄉，多日為最後準備而辛勤的聖戰團團員，沒法拒抗疲勞帶來的倦意。

凌渡宇重臨水塔，從地下通道乘搭升降機，來到冷庫的進口處，照着那天看到查理所按的密碼，打開了冷庫的門，進入了空無一人的冷庫內。

冷庫四壁亮着了幾盞紅燈，將整個空間沐浴在暗紅的色光裏，一個個箱子，像裝着千年殭屍的靈柩，使人從心裏透出寒意來。

創世農場除了那圍着整個牧場的圍欄外，幾乎全沒有保安，因為所有重要設施均深藏地底，不怕被人意外發現，嚴密的保安只會啟人疑竇，這種「平凡」亦正是聖戰團高明的地方。

凌渡宇在滿放箱子的寬敞空間迅速移動，不一會來到載着千惠子的箱子旁。千惠子在紅光浸照下，便若躺了千年萬年而屍體永不腐變的美麗女鬼。

凌渡宇想把玻璃罩打開來，豈知罩子合縫處針孔大的隙縫也付闕如，用力下紋風不動，知道必是另有開關，連忙在箱子的四周搜索起來，發覺箱頭處有個上了鎖的大箱子，幸好是普通的門鎖，他從鞋跟處抽出幾條粗幼不同的開鎖鋼絲，插進鎖孔去，不一會內裏傳出「的」一聲，箱蓋打了開來。

凌渡宇亮着了小電筒，只見裏面線路縱橫交錯，幸好其中有三條粗約二吋的通氣管，上面均印着不同的字樣，是「氧氣」、「液態氮」和「解凍劑」。

氧氣當然是在冷凍前提供的東西，液態氮則是冷凍的必需品，解凍液顧名思義，是回復正常的液態物。

可是卻沒有把箱蓋打開的指示，可能和其中某一些線路有關，但他卻不敢嘗試，因為箱裏裝的是個活生生的人，一個不好，可能會發生慘劇。

他仔細地察看箱裏的情形，發覺那三條印明作用的喉管，在進入箱子裏時都有一個「開放」和「閉塞」的開關掣。換言之，只要關上了這三個開關，便不能在箱子裏進行冷凍的過程。

冷凍是非常昂貴的，聖戰團是不會容許浪費的，假設三百年後醒來時，地球還未回復本來面貌，他們惟有再睡他一百或二百年，所以冷凍的原料也是非常珍貴的，而因為他們採取的是中央控制系統，所以當某一箱子不需用時，本身的獨立關閉系統卻是必須的。

凌渡宇心中一動，將通往千惠子箱內那條「液態氮」和「解凍劑」的喉管關閉了。又將編着三百五十八號的「自己那箱子」依樣葫蘆，關上了相同的兩條喉管，完成了這些工作後，他離開千惠子，來到冷庫核心的控制台上，這裏必然有開啟千惠子那冷凍箱的開關。

他的計劃很簡單，就是先救走千惠子，再設法以加重藥物的強力麻醉針偷襲納粹人，成功後通知警方前來掃蕩。

他心中很是矛盾，聖戰團雖是危險之極的組織，但他們卻有很崇高的理想，這種理想是由理性產生，並不是盲目的決定。

可是他沒有別的選擇了。

聖戰團容或有很多值得尊敬的人，但外面要被毀滅的一群值得尊敬和可愛的人更多，雖然壞分子也不少。

凌渡宇從一組儀器，移往另一組儀器。

驀地他靜止了下來。

一股冰冷和邪惡的能量流，刺進他腦神經裏。

他知道納粹人來了，他正在冷庫某一暗處，貓看老鼠般窺視着他的一舉一動。

他慣性地將腦袋變成空白一片，不過他知道這再不會有任何作用，那東西是不會放過他的。

「嘎！」一下若不留神便聽不到的輕響，從進口處響起。

凌渡宇腦神經一鬆，知道納粹人的心靈轉移往正在打開的門去，只不知這麼夜誰還會來。

一個身影從打開的門走進來，輕叫道：「麥夫麥夫，你來了嗎？」

凌渡宇呆了一呆，才醒覺她在叫自己，心念一轉，發出衷心的驚喜叫道：「南茜！我在這裏，我還以為你不來了。」原來這冷庫就是她說的「上次你求愛時我拒絕你的老地方」。

納粹人的精神探查又延伸過來，這次凌渡宇早有準備，幻想着和南茜在控制室的長沙發上顛鸞倒鳳的情景。

南茜奔上控制台，投進他懷裏。

兩人熱烈擁吻起來。

納粹人的精神搜探將他們來回掃描多次，凌渡宇被迫全面投入南茜那能將鋼鐵化作繞指柔的火辣辣熱情裏，不敢有絲毫不賣力的表現，冷庫內一時熱情如火。

在南茜第二次高潮激起時，納粹人靜悄悄退出冷庫外。

天氣出奇地好，晨早的明媚陽光下，近處的水塔、穀倉，遠處簇簇群山，都在閃閃發亮，充滿朝氣和生機。

凌渡宇、能恩、白賴仁、查理和另外幾位聖戰團的成員，坐在一張露天的大木桌前，享受着豐富的早餐。

南茜拿着一大壺香濃的咖啡，從背後的三層高木構房舍走出來，為每人前面的空杯子注滿，她水汪汪的含情眼睛，不時飄向凌渡宇，顯然對昨晚在冷庫裏的抵死纏綿回味無窮。

凌渡宇對她萬分感激，若不是她，昨晚真不知如何讓那東西「看」到這天衣無縫的「解釋」，自己現在也不能大模大樣在這裏喝咖啡了。

能恩等各為自己的咖啡加糖加奶，凌渡宇卻不敢輕舉妄動，雖然他用了整整三星期去模仿和學習有關麥夫的一切，但卻不知他喝咖啡會放多少粒糖，正是這些小節最易令他暴露自己的身份。

南茜坐到他身旁，笑道：「你喝黑咖啡的習慣真是十年不變。」

查理促狹地道：「希望他也不是只懂一種造愛的姿勢。」

南茜的臉立時飛上紅霞，查理的話使她想到了否定的答案。凌渡宇換了平時可能也會老臉一紅，但為今他臉上只是一種介乎玻璃纖維和冷凝膠間的化裝物質，加上一臉大鬍子掩蓋下，令他看來毫無羞態。

能恩和其他人都比較沉默，最重要的時刻來臨前，自然會想到各方面的問題。

凌渡宇的腦海升起一股明悟，那東西為何要改變既定的程序，將火箭的引爆操縱在自己的手裏，主要是他不信任何人。

當不知對方心內轉着甚麼念頭時，我們還可以幻想對方如何如何。可是納粹人卻有透視人類神經內思想的能力，所以必受人腦裏複雜得驚人、自相矛盾、瞬息萬變的思想所震撼，所以他比任何人類也不信任人，否則不會時時刻刻地掃描別人腦內轉動着的念頭。

白賴仁嘆息一聲，道：「今晚凌晨一時正，就是再生火箭的發射時間，各位有何感想。」

能恩冷冷道：「不要想，只要做。」

眾人均點頭同意。

凌渡宇道：「昨晚我做了一個夢……」

眾人的眼光齊齊掃在他身上。

能恩哂道：「是否夢到個大電腦？」

眾人笑起來，南茜的頭卻垂得更低了，「昨晚」是非常敏感的字眼。

凌渡宇緩緩道：「我夢到了自己三百年後醒來，冷凍箱的玻璃罩竟打不開來。」

這兩句說話可見凌渡宇的機智，假若他直接問打開冷凍箱的方法，一定會令眾人起疑，因為到了今日今時，每個人都必已熟習怎樣去使用冷凍箱，以及緊急事故發生時的應變措施。所以凌渡宇這一着非常高明。

能恩果然中計，鼻孔「嗤」一聲表示對他的夢不屑，嘲弄道：「這怎可能發生，儘管中央控制系統壞了，你也可以利用箱內頭頂上的手把，將玻璃罩打開。」

眾人又是一陣笑聲。

凌渡宇心中暗喜，太陽緩緩爬往天頂，當它降落至相反的位置時，就是再生火箭升空的時刻了。

他能否阻止這毀滅地球大災難的發生，實在一點把握也沒有。

偌大的冷庫，只有納粹人站着，其他的人都躺進安排好的冷箱內。當納粹人引爆了升至臭氧層並能引起整個臭氧層毀滅的化學劑後，他便會潛回冷庫裏，躺進他的冷箱裏，用獨立的操作系統進入長達三百年的冬眠。

現在每個人都安靜地等待冷凍的過程。

凌渡宇躺在他的冷凍箱裏，盡量使心情平靜無波，他的頭給上面伸下來的頭罩蓋個正着，幸好當他伸手向頭頂時，清楚地抓到能恩說的那個手把，心下篤定了不少，否則被困箱內的滋味豈是好受的，那時他將情願自己沒有將那兩條氣喉關掉了。

他的鼻上蓋上了供應氧氣的玻璃罩，呼吸暢順，在這封閉的細小空間裏，心臟和呼吸的響聲清晰可聞。

其實他也想試一試冷凍三百年的滋味，當然他不能夠這樣做。冷凍的時間是由原子鐘決定，那是每一百年才會有四分一秒誤差的準確計時工具。

「嘟嘟嘟！」

箱尾一排燈中的紅燈亮起。

凌渡宇大感頭痛，因為他完全不知會發生甚麼事，假設他目下被納粹人發現，那對方只要將箱子關死，截斷氧氣，換了是楚霸王也惟有舉手投降。

他忽地皺起了眉頭，原來輸進來的氧氣裏夾雜着另一股不知是甚麼的氣體，剛要想清楚，一陣暈眩狂風般襲過腦際。

他猛然醒悟是催眠氣體，為了使人進入冷凍的狀態，會先使被冷凍者進入麻醉的睡眠狀態，以免激起身體的對抗基因。可是整個計劃早説明了要待火箭升空爆炸時，送回一個訊號，冷凍才會進行。

不問可知是納粹人將整個過程提早了，他並不信任人類，現在所有事都操縱在他手裏。

凌渡宇咬緊牙根，以無上意志對抗着由氣管進入肺部，再由肺部血液吸收而運往全身的麻醉氣體。他自小便有抗拒毒液和麻藥的能力，這是苦行瑜伽其中一個練習。

暈眩逐漸過去。

凌渡宇看看放在一側的腕錶，短針指着十二至一之間，長針則指着三十二分。

十二時三十二分。

火箭將在二十八分鐘後升空。

凌渡宇知道時間無多，伸手往頭頂一拉手把，「軋軋」聲中，玻璃罩向箱尾移過了兩吋，卻沒有彈開去。

蓋着頭的罩子同時縮回去。

凌渡宇伸手一推，玻璃罩向上揭開來，他連忙跳出箱外，納粹人已不知蹤影。

凌渡宇暗叫不好，撲往出口處。

所有箱子均亮着了「冷凍」的字樣，顯示眾人都進入了冬眠裏，當然除了千惠子，因為輸入液態氮的喉管被他關閉了。

十二時三十四分半鐘，他到了控制室的門前。

他在牆上密碼鎖的號碼上按動和開啟冷庫門同一組密碼，然後開始祈禱，他雖是開鎖的專家，但刻下卻時機緊迫。

鐵門無聲無息地往兩邊退入去，正是這種電子控制的門，使他連納粹人進入冷庫也不知道，現在一報還一報，希望納粹人也茫然不知他的來臨。

他來到另一道門前，看看腕錶，是十二時三十五分，還有二十五分鐘，他輕輕地呼吸，讓波動的情緒平靜下去，所有注意力集中到臍下丹田，又稱為生法宮的位置，這是密法裏收攝心神的法門，他不能容許絲毫的思想，溜過他的神經，以致那「東西」有所驚覺。

他輕輕轉動着軚盤似的門把，最後傳來微不可聞「的」的一聲，門被輕輕推開去。

凌渡宇將右手臂平伸開去，只要他將肩和後臂向前壓，藏在假肌肉裏的六枝強力麻醉針便可連續射出。

他才踏入控制室裏，納粹人寬闊的背影，箭也似的射進他瞳孔裏，幾乎條件反射般心中一凜。

納粹人站在控制室的中心處，坐在總控制台上，眼睛注視着面前的電視，畫面是發射台的火箭，上面的倉庫的地面裂開，倉庫的頂部亦移了開去，可見漆黑的星空，火箭正整裝待發。

落地玻璃外落下了厚厚的防熱鋼板，否則當火箭發射時，灼熱的氣流會將整個控制室燒熔。

凌渡宇不自覺心中一凜時，納粹人全身一震，猛地轉過頭來。

凌渡宇知道瞞他不過，身子飆前。

「篤篤篤篤篤篤！」

六枝強力麻醉針幾乎是不分先後刺入納粹人的後頸。

納粹人呆了一呆，眼中射出兩道森利的眼光，罩定凌渡宇。

凌渡宇衝到一半，忽地全身乏力，一個踉蹌，幾乎跌倒地上，全靠扶着身旁一座電子儀器，才勉力站穩。

納粹人站了起來，毫無感情地道：「原來是你，很好！竟然多次騙過我。」

邪惡冰冷的能量流，從他眼中注進淩渡宇的眼裏去，再蔓延至每一條神經，淩渡宇苦苦支撐。

納粹人一步一步向他走過去，道：「麻醉針只能在第一次時對我有作用，當我明白麻醉藥的分子結構時，我就可以用我的超能量改變它，將麻醉藥變成絲毫不能影響身體的物質，今次我絕不會再讓你逃出去。」

淩渡宇連移動一個指頭的力量也失去，那東西的力量比那次在遊艇相遇時又增大了數倍，他雖是傑出的人類，和他相比便像江河和大海的分別。

納粹人來到他面前，緩緩舉起雙手，往他的頸項抓去，若給他揑着，保證頸骨寸寸碎裂。

淩渡宇除了看着他殺死自己外，再無別法。

粗壯邪惡的手逐寸接近他的頸項。

凌渡宇感到冰冷的手指碰上他的頸膚，正要收緊時，凌渡宇心中一動，在腦海裏重組那天在冷庫內感應到那東西腦海中的圖畫，龐大的宇宙飛船、奇異的生物，陽光似的光球。

納粹人全身一震，眼中射出奇怪的神色，手不自覺地縮離他的頸項，使他離開死神遠了半寸許的距離。

那東西感應到他腦中的景象。

納粹人呆道：「你是誰？」

凌渡宇被緊攫的神經立時鬆了一鬆，他把握這死中求生的最後機會，眼中射出奇異的光芒，用力地道：「你想知我是誰嗎？用心看我的眼睛吧。」他的說話有種奇異的力量，令人要留心去聽，靜心去聽。

納粹人看着他閃動着令人目眩的眼光，眼中現出昏沉的神色，重複着剛才的說話道：「你是誰？」

凌渡宇感到那東西的力量不斷消退，此消彼長下，他全力施展精通的催眠術，道：「你還記得你的太空船嗎，它在哪裏？」

納粹人心神受制，銳利的目光變成如夢如幻，不自覺地應道：「那是在離這裏萬多光年的太空裏，你是誰？你是誰？」

凌渡宇知他仍有掙扎醒來的能力，不能問他太過離軌的問題，正如他所說，催眠術也像麻醉針一樣，只能向他施展一次。但愈容易集中精神的人，愈易被催眠。因這緣故，沒有人比納粹人更易被催眠，因為他的可怕處正是能把精神凝聚成力量。

凌渡宇使人震懾心弦的聲音續道：「你為何到這裏來？」

納粹人目光呆滯地道：「我們的飛船在宇宙裏飛航，找尋能代替毀去家鄉的星球，在經過莫克埃斯特星雲時，發覺了生物的靈能，最後我們成功地捕捉了她，從她的記憶處找到美麗的星球，於是我藉着她來到了這裏，我的同類也會來的。」

凌渡宇心中一震，納粹人也相應地一震，眼中現出掙扎的神色。

凌渡宇強壓下心中的震駭，幾乎在剎那間他已明白了這大禍的來龍去脈。

千惠子患的不是離魂病，而是她擁有自有人類以來人便在企盼的超自然力量，就是不受空間距離限制，非物質的「神遊」力量。神遊可使人在瞬息間越過遙闊的時空，航遊至無限的遠處。千惠子就是在進行宇宙神遊時，遇上了一艘找尋移民地方的異星人太空船，他們捕捉了她，研究她，最後這東西以一種奇異的方式，藉着千惠子來到這裏，他的同類亦將到來，那時真是大禍臨頭了。

凌渡宇增強催眠的力量，柔聲道：「他們將在何時抵達？」

納粹人眼光回復茫然，呆道：「他們要等待一下，當我隨着她的靈體，來到這美麗的世界時，我捨棄了我的身體，她也因載我的精神到這裏來，耗盡了能量，不能再進行宇宙神遊，只有讓她休息三百年，她才再有神遊的力量，我便可以用她來指示我的同類到來，享用這美麗的世界。」

凌渡宇這才明白納粹人為何不肯傷害千惠子，還對她如珠如寶地珍惜愛護，因為只有通過她，「他」才能和遠在以萬計光年外的宇宙飛船作聯繫。

凌渡宇道：「你為何要參與再生計劃？」他發覺這一個接一個的問題，使那東西進入更深沉被催眠的狀態，所以以問題向他作轟炸。

納粹人高舉的手軟垂兩旁，大大減少了對凌渡宇的心理威脅，說話的節奏愈來愈慢，像夢囈般道：「再生計劃是唯一阻止人類將地球變成不可居住的地方的唯一方法，我不想當我的同類來時，發覺它只是一個充滿毒氣輻射的環境。」

凌渡宇心中大奇道：「對人類有害的，對你們也有害嗎？」

納粹人像個乖孩子般答道：「任何一個星球的環境，只適合在該星球衍生的生命，地球的環境也絕不適合我們，但我們卻可借助人類的身體，完全地去適合地球的環境，所以再生計劃冷凍了的人體，正是我們所需要的。」

凌渡宇恍然大悟，一切似乎不可解的事至此豁然明朗，他看了看腕錶。

十二時五十二分。

還有八分鐘。

火箭便要升空了。

凌渡宇別無選擇，決意下最後一道命令，道：「你現在將封隔控制室和發射台的防熱板升起。」

納粹人渾身一震，臉上現出掙扎的神色。

凌渡宇全力施展催眠術，口中一次又一次重複着指令。

十二時五十四分。

納粹人終於緩緩轉身，顫顫巍巍往控制台走去。

凌渡宇迅速往電腦室搶去，推門直入，來到控制火箭自行毀滅爆炸的紅色按鈕上猛按下去。控制台上的熒幕立時閃起一行字：

「火箭在十秒鐘內爆炸。」

凌渡宇衝回控制室裏，隔着控制室和發射台間的防熱板已升起了大半，可俯視雄踞發射台的再生火箭。

納粹人忽地尖叫起來，茫然不知所措。

凌渡宇知道他剛剛醒來，神志仍然非常模糊，換句話説，他的精神力量遠不及平日的水平。

納粹人開始轉頭過來。

能量流開始在控制室內激盪。

凌渡宇奮起全身力量，狂喝一聲，借力一按控制台旁的鐵欄，一個雙飛，向納粹人背後蹬去。

「砰！」

納粹人應腳飛起，向落地玻璃撞去。

「嘩啦嘩啦！」

玻璃碎石般灑下。

納粹人破窗飛出，直掉往火箭發射台下。

凌渡宇向後一滾，在地上連打十多個轉，退出進入控制室的鐵門後，腳一挑，鐵門「轟」一聲關上，接着連跳帶跑，躲往另一道門外。

「轟隆轟隆！」

天搖地動，再生火箭在發射台上炸成碎粉。炸碎了納粹人身體，那東西亦再不能生存，因為地球的條件並非「他」所能適應的。

凌渡宇伏在地上，大口大口地喘氣。

剩下來的事非常簡單，他只須帶走千惠子，關好冷庫的門。

便讓這批有遠大理想的人在冷庫內度過三百年的日子吧。

希望他們再見到的是個美麗的新世界。

後記

禾田稻香在熱烈的掌聲中，穿着黑色的晚禮服，優雅地步至演奏台的中央。

她的心情很複雜，千惠子已安全回來，怪病再不發作，和大野隆一的離婚手續亦辦好，她的演奏會就在眼前。

舉起小提琴，提起弓，忽地停了下來，目瞪口呆地望着坐在最前排的男子。

糅合了戰士和哲人的眼神，深深地凝注着她。

凌渡宇。

這個只在深閨夢裏出現的男子，終於在現實中現身，還向她微笑。

在心弦震動下，禾田稻香纖手輕拉，琴弦顫震下，奏出了生命中最美麗的樂章。

黃易

經典·玄幻系列

①月魔
②上帝之謎
③光神
④湖祭
⑤獸性回歸
⑥超腦
⑦聖女
⑧浮沉之主
⑨異靈
⑩爾國臨格
⑪迷失的永恆
⑫域外天魔
⑬諸神之戰